Nina Rauprich • Was ist los mit meinem Bruder?

OMNIBUS

Foto: © privat

DIE AUTORIN

Nina Rauprich, 1938 in Bielefeld geboren, absolvierte zunächst eine Ausbildung als landwirtschaftlich-technische Assistentin und nahm dann Schauspielunterricht in Berlin. Nach ihrer Heirat und der Geburt ihrer Kinder begann sie zu schreiben. Heute lebt die Autorin in Bad Münstereifel.

Von Nina Rauprich ist bei OMNIBUS erschienen:

Wenzel oder Der Weg in die Freiheit (20879)

Nina Rauprich

Was ist los mit meinem Bruder?

OMNIBUS

Band 20879

Der OMNIBUS
Taschenbuchverlag
gehört zu den Kinder- &
Jugendbuch-Verlagen
in der Verlagsgruppe
Random House
München Berlin
Frankfurt Wien Zürich

Umwelthinweis:
Dieses Buch wurde auf chlorfrei gebleichtem Papier gedruckt.

Erstmals als OMNIBUS Taschenbuch August 2001
Gesetzt nach den Regeln der Rechtschreibreform

Umschlagbild: Frauke Bahr
Umschlagkonzeption: Klaus Renner
Ht · Herstellung: Peter Papenbrok
Satz: Uhl + Massopust, Aalen
Druck: Presse-Druck Augsburg
ISBN 3-570-20879-6
Printed in Germany

www.omnibus-verlag.de

10 9 8 7 6 5 4 3 2 1

Für Till, der starb,
weil er vom Alkohol nicht mehr loskam,
und für alle,
die ihm helfen wollten.

Ich heiße Nele und bin neun Jahre alt. Ich habe alle Tiere lieb. Aber am liebsten habe ich mein Meerschweinchen. Und den Philipp. Philipp ist mein Bruder. Er ist schon dreizehn und hat bald Geburtstag. Dann wird er vierzehn, wenn ich immer noch zehn bin. Dafür kann Philipp nichts. Aber in letzter Zeit ist er oft komisch. Und dafür kann er was.

Früher war mein Bruder noch nicht so komisch, da war er nur gemein und fies und ganz schön doof. Natürlich nicht immer, sonst hätte ich ihn bestimmt nicht lieb. Wir haben viel Quatsch gemacht und Spaß miteinander gehabt, aber wir haben uns auch gestritten und gekloppt. Philipp war immer stärker als ich. Das fand ich so gemein.

In letzter Zeit ist Philipp gar nicht mehr so stark, obwohl er doch bald vierzehn wird. Manchmal ist er sogar richtig schwach. Nur glaubt mir das keiner.

Mama sagt: »Ach, Nele, was du dir wieder einbildest.«

Und Philipp sagt: »Du spinnst. Hau bloß ab, sonst zeige ich's dir!«

Papa sagt gar nichts. Der hat nur seine Zähne im Kopf. Das behauptet die Mama auch immer, wenn der Papa ihr nicht zuhört, weil er doch so viel Arbeit hat. Unser Papa hat nämlich ein Labor für Goldzähne und so was. Da gibt es furchtbar viel zu tun, denn immer mehr Leute haben kranke Zähne. Die muss der Zahnarzt herausziehen, weil sie faulen und wehtun. Danach kriegen sie Zähne von meinem Papa. Die Laborzähne tun nie weh. Verfaulen können sie auch nicht. Das finde ich prima. Nur, dass Papa so wenig Zeit für uns hat wegen der faulen Zähne, das finde ich doof. Früher war das nicht so schlimm. Da hatte Papa noch Zeit, manchmal jedenfalls.

Unsere Mama hat auch viel zu tun. Morgens muss sie in die Schule, wie Philipp und ich. Sie ist nämlich Lehrerin an einem Gymnasium. Das Gymnasium ist sehr groß. Die Jungen und Mädchen dort haben alle Probleme, sagt Mama. Die können gar nicht mehr richtig zuhören. Mama muss alles fünfmal erklären. Das macht sie völlig fertig. Wenn sie mittags nach Hause kommt, muss sie sich deshalb immer entspannen.

Die Entspannung von der Mama ist etwas sehr Lustiges. Sie steht auf dem Kopf, kratzt sich mit dem großen Zeh an der Nase oder macht Verrenkungen auf dem Teppich wie der dumme August im Zirkus. Aber bei dem dummen August darf man lachen, bei Mama nicht. Sonst kommt sie durcheinander mit der Entspannung. Deshalb schließt sie jetzt immer die Tür hinter sich zu. Früher, als sie noch nicht abgeschlossen hatte, wollte Philipp immer, dass ich gucken gehe. »Los, Nele, schleich dich zu ihr und lass die Tür auf, damit ich auch was sehen kann.«

Wenn ich nicht gehen wollte, hat er Feigling zu mir gesagt oder Zitterliese. Das war gemein, denn ich war gar nicht feige, und gezittert habe ich auch nicht. Aber Mama hat jedes Mal mit mir geschimpft, wenn ich mich in ihre Entspannung geschlichen habe. Ich mag nicht, dass Mama mit mir schimpft. Deshalb bin ich aber noch lange keine Zitterliese oder so was. Philipp mochte auch nicht, dass Mama schimpft. Deshalb wollte er mich doch schicken. Aber ich habe mich nicht schicken lassen, sondern »selber Feigling« zu ihm gesagt. Oder ich habe »Angsthase – Pfeffernase« gerufen, bis er wütend geworden ist. Dann ist er manchmal selber die Mama stören gegangen.

»Ich habe Bauchweh«, hat er gejammert.

Mama hat ihn sofort wieder hinausgeschickt und gesagt, sie kümmert sich später darum. Beim nächsten Mal hatte Philipp Durst. Oder er hat so lange an seinem Hosenknopf gedreht, bis der abgesprungen ist. Was immer sich Philipp ausgedacht hat, um Mama auf dem Kopf stehen zu sehen, sie hat sich immer geärgert und geschimpft: »Das hat doch wohl Zeit bis später.«

Irgendwann ist es ihr dann zu dumm geworden und

sie hat die Tür von innen abgeschlossen. Durch das Schlüsselloch konnte man leider gar nichts mehr sehen. Ich habe es versucht und Philipp auch.

Wenn Mama genug von der Entspannung hat, muss sie Hefte korrigieren und ihren Unterricht für den nächsten Tag vorbereiten.

»Ihr könnt euch gar nicht vorstellen, wie anstrengend so ein Schultag für mich ist«, hat Mama schon oft zu uns gesagt. »Heute Lehrerin zu sein ist Schwerarbeit.«

»Und warum bist du dann Lehrerin geworden?«, wollte Philipp mal wissen. »Lass es doch sein.«

Mama hat geseufzt und sich an den Kopf gefasst. »Es ist Wahnsinn, aber wir müssen über die Runden kommen. Du weißt doch, dass wir uns viel Geld von der Bank leihen mussten, als wir vor zwei Jahren dieses Haus gekauft haben. Komm, nerv du mich nicht auch noch. Hast du deine Hausaufgaben gemacht?«

Wenn es um die Hausaufgaben geht, kann Mama sehr streng werden. Bei Philipp noch mehr als bei mir. Er ist nämlich abgerutscht in seinen Zensuren. Mama war entsetzt, als sie sein letztes Zeugnis gesehen hat.

Philipp geht auch auf ein Gymnasium, aber nicht auf das, wo Mama Lehrerin ist. Mama muss jeden Tag mit dem Auto fahren, weil sie hier bei uns keine Stelle für Mathe und Englisch bekommen konnte. Sie muss morgens schon früh los. Und Papa muss auch früh los. Sein

Labor liegt in der Innenstadt und es gibt jeden Tag Stau auf dem Weg dorthin.

Wir wohnen im Grünen, am Stadtrand. Mama sagt, das ist gesund. In der Stadt ist die Luft so schlecht. Und dann die Einflüsse! Was sie damit genau meint, weiß ich nicht. Jedenfalls gibt es Kinder in der Stadt, die sind schon kaputt von den Einflüssen, sagt Mama. Und solche Kinder will sie nicht. Lieber fährt sie jeden Morgen in ihre Schule und erklärt alles fünfmal.

Papa meint, wir wüssten gar nicht, wie gut es uns geht. »Ihr habt ein schönes Zuhause mit Garten, eigenem Zimmer, Fernseher, Video. Und Fahrräder, von denen ich als Kind nicht mal geträumt habe.«

»Ich habe auch noch nie von Fahrrädern geträumt«, hat Philipp gesagt.

»Nein, wozu auch! Du hast ja ein teures Mountainbike im Keller stehen und langweilst dich trotzdem. Wenn ich früher so ein Fahrrad gehabt hätte«, hat Papa gesagt, »dann wäre ich damit bei jedem Wetter in der Gegend herumgeflitzt. Aber du hängst nur rum. Kein bisschen Mumm in den Knochen.«

»Ihr seid wirklich glücklich dran«, behauptet auch Mama immer. »Denkt nur mal an die vielen armen Kinder auf der Welt. Euch fehlt es an nichts.« Dabei seufzt sie jedes Mal. Es klingt so, als ob daran irgendwas falsch ist, dass wir Fahrräder haben, ein eigenes Zimmer und all das. Oder sie meint, dass wir falsch sind und eigentlich ganz andere Kinder sein müssten.

Ich finde nicht, dass ich falsch bin. Der Philipp auch nicht. Nur manchmal geschieht etwas mit ihm, ich weiß nicht, was. Es macht mir Angst. Dann knallt er sich einfach weg. Er sagt das so zu mir, und ich weiß nicht, was er damit meint. An solchen Tagen ist er gar nicht mehr der Philipp – so richtig und echt. Aber das glaubt mir keiner.

Gestern Abend herrschte bei uns mal wieder helle Aufregung. Das ist keine Seltenheit.

Als Papa heimkam, merkte ich gleich, dass etwas nicht stimmte. Er knallte die Haustür ins Schloss und brüllte: »Himmeldonnerwetter!«

»Paul, nicht vor den Kindern!« Mama riss die Augen ganz weit auf und sank in einen Sessel.

Papa ging schnurstracks zu seiner Hausbar und goss sich ein Schlückchen ein. Im Stehen stürzte er es hinunter. »So, nun habe ich zwar das Problem nicht vom Hals, aber es geht mir schon bedeutend besser. Der soll ruhig kommen!«

»Ja, wer denn?«, fragte Mama aufgeregt.

»Der Steuerprüfer«, stieß Papa zwischen zusammengebissenen Zähnen hervor. »Das Finanzamt will unsere Abrechnungen sehen. Als ob ich nicht schon genug zu tun hätte! Der krempelt sämtliche Unterlagen von links nach rechts und von oben nach unten. Das hat mir gerade noch gefehlt.«

Mama sah unglücklich aus und Papa wütend. Ich verstand zwar nicht, wer da was umkrempelt, aber eine Prüfung ist nie schön. Das weiß ich nun auch. Dem Philipp tat der Papa richtig Leid. Er goss ihm nämlich, ohne zu fragen, noch ein Schlückchen ein.

»Lass gut sein, mein Junge«, murmelte Papa. »Ich muss einen klaren Kopf behalten.«

Dann wollte er von Mama alles Mögliche wissen. Er lief im Haus herum und telefonierte. Das Glas, das ihm Philipp nachgegossen hatte, stand noch auf dem Wohnzimmertisch. In all der Aufregung muss Papa es wohl vergessen haben. Da trank es Philipp selbst aus. Ich habe es genau gesehen.

»Eh, spinnst du? Das ist Gift. Gleich wird dir schlecht«, sagte ich zu ihm.

Philipp schaute mich ganz groß an. »Woher weißt du denn das?«

»Ich durfte mal bei Papa nippen. Es hat im Mund wie Feuer gebrannt.«

»Stimmt«, sagte Philipp. »Das ist Feuerwasser.« Und dann nahm er die Flasche und setzte sie an den Mund.

Ich dachte, jetzt verdreht er gleich die Augen und fällt um, oder er rennt ins Bad, weil ihm schlecht wird. Ich ließ ihn nicht aus den Augen und wartete darauf, was das Gift mit ihm machen würde. Zuerst geschah gar nichts und dann wurde Philipp albern. Er lachte und rollte auf dem Fußboden herum. »Komm, Nele-Bele«, rief er. »Wir spielen Entspannen. Ich kann auch Kopfstand. Guck mal!«

Aber er konnte es nicht. Er kippte immer wieder um und zappelte mit den Beinen. Dann robbte er auf dem Boden herum, als ob er schwimmen wollte. Ich versuchte es auch. Philipp hatte mich angesteckt mit seiner Albernheit. Wir quietschten beide und tobten durchs Wohnzimmer. So ausgelassen und fröhlich waren wir schon lange nicht mehr gewesen. Dabei fiel dann die blöde Blumenvase vom Tisch, genau auf Philipp. Er war ganz nass und mit Blumen bedeckt.

In diesem Augenblick kam Mama angeschossen. Sie regte sich fürchterlich auf. »Die teure Vase, die Blumen, der gute Teppich …«

Ich drückte mich an Mama vorbei und dachte, Philipp soll's ruhig abkriegen. Schließlich hat er angefangen mit der Toberei im Wohnzimmer. Er hatte gar keine Angst vor Mama. Auf allen vieren krabbelte er an ihr vorbei und machte »wau-wau«.

Da bin ich ab in mein Zimmer und Philipp kam wie

eine Rakete hinterher. Aus dem Wohnzimmer hörten wir immer noch Mamas Stimme.

»Jetzt schimpft sie mit sich selbst«, flüsterte Philipp. Das fand er so komisch, dass er gar nicht mehr aufhören konnte zu kichern. Er saß auf dem Fußboden, mit dem Rücken an der Zimmertür. Irgendwo im Haus rief Papa was. Das Telefon klingelte. Mama schrie: »Geh du dran, Paul! Ich kann gerade nicht.«

Ich hockte mich neben Philipp. Es war schön kuschelig so nebeneinander. Wir ließen uns nicht anstecken von der Aufregung. Philipp gluckste noch immer vor sich hin, aber nur noch ganz leise.

Später beim Abendessen konnte er kaum die Augen aufhalten. Ich sah genau, wie er sich anstrengen musste, um nicht einzuschlafen. Er holte dann noch Bier für Papa und Mama aus dem Keller. Das macht er gern. Er darf die Flaschen auch öffnen und das Bier einschenken. Wenn gerade keiner hinschaut, trinkt er den Schaum ab. Komisch. Philipp ist sonst so faul, aber Bierholen findet er prima. Dabei schmeckt der Schaum nur bitter, und man kriegt ihn in die Nase, wenn man nicht aufpasst. Bah, nie wieder! Einmal hat mir gereicht.

Ich wollte noch bei Philipp Fernsehen gucken. Er hat nämlich einen eigenen Fernseher in seinem Zimmer. Ich nicht. Aber er hat mich rausgeschmissen, weil er schlafen wollte. An diesem Abend war er wieder ganz schwach.

Mama und Papa waren fürchterlich beschäftigt und froh, dass Philipp freiwillig im Bett verschwand.

»Nele, beeil dich, nun mach schon!«, drängte Mama, als ich mir die Zähne putzte.

Immer soll ich mich beeilen. Ich war überhaupt nicht müde, kein bisschen. Aber im Wohnzimmer durfte ich auch nicht fernsehen. Papa murmelte zerstreut: »Gute Nacht.« Dabei tippte er auf seinem Taschenrechner.

Ich wollte ihn schon fragen, ob er eben mal ausrechnen kann, wie viele Stunden und Minuten ich bis zum Wecken im Bett liegen muss, aber da war Mama schon wieder hinter mir her, brummig wie die Fliege an der Fensterscheibe. Sie packte mich an den Schultern und schob mich über den Flur bis in mein Zimmer und dann ins Bett.

»Komm, Nele, sei brav. Nimm dir ein Beispiel an deinem großen Bruder. Morgen darfst du etwas länger aufbleiben«, versprach sie und wischte mir ein Küsschen übers Gesicht. Ich wollte noch sagen: »Versprochen ist versprochen, Hand aufs Herz!« Aber da war sie schon wieder draußen.

Heute fiel die letzte Stunde in der Schule aus. Ich lief gleich nach Hause, weil ich Lana noch treffen wollte.

Lana macht unseren Haushalt. Sie kocht auch das Essen und stellt es in die Mikrowelle. Da brauchen wir es uns dann nur aufzuwärmen, wenn wir aus der Schule kommen. Sie hat einen Schlüssel für unser Haus, kommt so gegen neun, wenn wir schon alle weg sind, und gegen zwölf geht sie wieder. Nur freitags bleibt sie länger, um mit Mama abzurechnen.

Aber heute war erst Donnerstag. Ich lief, weil ich Lana ein bisschen für mich haben wollte.

»Hallo, Lana!«, rief ich schon an der Haustür. »Singst du mir ein Lied vor aus deiner kigerischen Heimat?«

Lana kam aus der Küche. »Nele, meine Süße, wie oft soll ich dir noch sagen, das heißt kirgisisch. Kirgisien liegt da, wo in Asien die Wölfe heulen …«

»… und wo die Menschen Lieder singen, ich weiß«, rief ich dazwischen. »Lieder, die der Wind über das Grasland trägt.«

Wir lachten beide. Lana kann lachen und singen wie kein anderer Mensch auf der Welt. Jedenfalls wie keiner, den ich kenne. Auch wenn sie spricht, klingt es schon fast wie ein Lied. Sie betont die Wörter anders als wir. Manches zieht sie in die Länge, oder sie rollt die Buchstaben zwischen den Zähnen, als ob sie darauf herumkauen würde. Ich mache sie oft nach. Dann grummelt Lana was in ihrer Heimatsprache, wovon ich keine Silbe verstehe. In meinen Ohren klingt es geheimnisvoll, wie ein Zauberspruch oder ein Hexenreim. Ich könnte ihr stundenlang zuhören.

»Bitte, Lana, sing mir was vor! Ein Lied, das schön traurig klingt. Bitte! Mit vielen Strophen.«

Nachdem ich genug gebettelt hatte, fing sie an. Ich kletterte rasch auf die Fensterbank. Lana wusch Tomaten, fitzelte eine Gurke klein und sang dabei.

Es war ein trauriges Lied. Das erkannte ich daran, dass Lana langsam und leise sang. Wenn das Lied fröhlich ist, singt sie schnell. Wenn Liebe darin vorkommt, schließt Lana die Augen ein bisschen oder wiegt den Kopf hin und her. Ihre Ohrringe klimpern leise mit. Ich weiß immer, um was es geht, auch wenn ich kein Wort verstehe.

Als der Salat fertig war, musste Lana leider gehen. Sie hat nie viel Zeit, weil ihre Kinder auch auf das Mittagessen warten. Lanas Lied klang mir noch in den Ohren, und ich sang selbst ein bisschen, mit Lauten, die sich ähnlich wie bei Lana anhörten – kigerisch, oder wie das heißt.

Dann kam Philipp aus der Schule und kurz darauf auch Mama. Zwischen den beiden ging gleich wieder was ab. Mama zeterte und Philipp heulte. Wegen der Mathearbeit, die er heute wiedergekriegt hatte. Total daneben.

Ich ging in mein Zimmer und holte den Quietschi aus dem Käfig. Lanas Lied klang nicht mehr in meinen Ohren.

Der Quietschi ist schon ziemlich alt für ein Meerschweinchen und ganz gemütlich. Er mag es gern, wenn ich mich auf den Rücken lege und ihn auf meinen Bauch setze. Wenn ich dann ein- und ausatme, wird er geschaukelt. Er bleibt ruhig sitzen dabei. Allerdings hat er mich heute vor lauter Gemütlichkeit voll gepinkelt. Das fand ich nun gar nicht gut. Weil das Wetter nicht zu heiß für mein Schweinchen war, brachte ich es in den Garten, damit es Gras fressen konnte.

Ich achtete nicht darauf, wie lange ich mit dem Quietschi spielte. Jedenfalls ziemlich lange. Ich wartete auf Philipp. Er wollte nämlich zur Oma fahren und mich mitnehmen. Aber Mama paukte mit Philipp ohne Ende. Es dauerte und dauerte. Ich war schon lange mit meinen Hausaufgaben fertig, und der Quietschi wollte gar kein Gras mehr fressen, aber Philipp musste immer noch lernen.

Endlich kam er aus Mamas Arbeitszimmer herausgestampft. Ganz rot war er im Gesicht. Die Haare standen ihm wild vom Kopf ab. Er stieß die Tür von seinem Zimmer auf, pfefferte die Hefte auf sein Bett und war gleich wieder raus. Ehe ich ihn überhaupt zu fassen kriegte, war er schon aus der Haustür, auf seinem Fahrrad und nichts wie weg.

Er hatte mich glatt vergessen. Ich riss das Fenster auf und rief hinter ihm her. Aber Philipp hielt nicht mehr an. Er drehte sich nicht mal um. Wie ein Rennfahrer düste er ab. Ohne mich. Dabei wollten wir zusammen zur Oma fahren und ich hatte eine Ewigkeit gewartet.

Mama stand plötzlich hinter mir und zog mich vom Fenster weg. »Nele, willst du rausfallen? Du sollst dich nicht so weit aus dem Fenster lehnen. Was schreist du denn so?«

Ich schob sie weg, weil ich sauer war. »Der Philipp hat versprochen, mich mit zur Oma zu nehmen. Aber du hast ihn geärgert mit der Paukerei und jetzt ist er ohne mich los. Du bist schuld!« Vor Enttäuschung und Wut blieb mir die Luft weg. Ich konnte nicht weiterreden.

»Langsam!« Mama klopfte mir auf den Rücken. »Beruhige dich und vergiss das Atmen nicht. Also, wohin wolltet ihr fahren?«

»Zur Oma!«, stieß ich hervor.

»Wie bitte?«

Mama hatte keine Ahnung, wovon ich redete. Konnte sie auch nicht. Unsere richtige Oma wohnt nämlich weit weg. Da muss man mit dem Zug fahren oder ganz lange mit dem Auto.

Auf einmal war ich nicht mehr sicher, ob ich der Mama überhaupt verraten sollte, wohin Philipp manchmal fährt, wenn er Geld braucht. Ich war schrecklich wütend auf ihn. Trotzdem wollte ich nicht petzen. Wir haben immer zusammengehalten, der Philipp und ich.

»Ich weiß nicht. Mit dem Fahrrad durch die Gegend

kurven. Nur so«, sagte ich und hoffte, dass Mama mich nun in Ruhe ließ.

Aber die hakte gleich nach. »Komm, Nele, du kannst mir nichts vormachen. Du hast was von Oma gesagt.«

»Weil ich mich geärgert habe. Da sage ich oft was, das meine ich gar nicht so. Kann ich jetzt spielen gehen?«

Mama antwortete nicht gleich. Ich konnte merken, dass sie mir nicht glaubte. Ich musste sie unbedingt ablenken.

»Sonja wartet auf mich. Darf ich noch bis zum Abendessen zu ihr? Wir haben uns heute in der Schule verabredet.«

Ich fühlte mich schon etwas besser, weil das doch ganz vernünftig klang. Schließlich ist Sonja meine beste Freundin. Sie wohnt nur ein paar Häuser weiter. Aber ich hatte einen Fehler gemacht.

»Du wolltest mit Philipp Fahrrad fahren«, sagte Mama, »obwohl du dich mit Sonja verabredet hast?«

»O Scheiße«, würde Philipp jetzt sagen. Ich kann einfach nichts vor Mama verheimlichen. Sie merkt alles. Am liebsten wäre ich auf der Stelle umgekippt und hätte mich tot gestellt. Mit Sonja denke ich mir manchmal solche Tricks aus. Mit Philipp habe ich das früher auch getan, als wir noch zusammen Indianer spielten. Aber Mama ist Lehrerin und kennt jeden Trick. Das behauptet sie jedenfalls.

Ich presste die Lippen aufeinander und sagte nichts mehr. Mein Atem ging kurz und schnell. Schließlich hörte sie mit den blöden Fragen auf.

Da bin ich gleich ab zu Sonja. Ich wollte nicht länger mit Mama allein sein und mir Antworten ausdenken müssen. Alles wegen Philipp. Der kann sich auf was gefasst machen!

Philipp kam eine Viertelstunde zu spät zum Abendessen. Wir saßen um den Tisch und waren fast fertig. Mama und Papa taten so, als bemerkten sie gar nicht, dass er auf seinen Stuhl huschte. Aber wie sie da so schweigend mit Messer und Gabel klapperten, war es doch ein Vorwurf.

Er lächelte wie ein braver, kleiner Junge aus dem Bilderbuch und murmelte: »Tut mir Leid. Ich konnte nicht schneller.«

Das sagt er sonst nie. Es klang irgendwie unecht, so, als hätte er den Satz auswendig gelernt.

»Wo warst du?«, legte Mama nun doch los.

Mein Bruder warf mir einen fragenden Blick zu, den sie prompt bemerkte.

»Komm, Philipp, ich habe dich gefragt. Aus Nele war nichts herauszuholen.«

»Ich habe nicht gepetzt. Ehrenwort!«, rief ich dazwischen.

Philipp setzte wieder dieses falsche Gesicht auf. »Was habt ihr eigentlich?«, fragte er. »Ich war bei Oma Dannewitz. Ist das nun auch verboten?«

»Was? Wo warst du? Bei Frau Dannewitz, in dem Mietshaus, in dem wir früher gewohnt haben?«

Mama und Papa redeten jetzt gleichzeitig. Darauf wären sie nie im Leben gekommen. Philipp hatte einen Volltreffer gelandet.

Nun nahm Papa die Sache in die Hand. »Langsam, alles der Reihe nach. Du warst also bei Frau Dannewitz, sagst du. Das sollen wir dir glauben? In letzter Zeit haben wir dich ein paar Mal beim Lügen ertappt. Du brauchst dich nicht zu wundern, wenn wir es deshalb genauer wissen wollen. Warum warst du dort? Machst du das öfters?«

Philipp schlug die Augen nieder. Jeder konnte sehen, dass er gekränkt war. Ich fand es auch ziemlich gemein, wie Papa ihn sich vorknöpfte.

Ohne den Blick von dem Salamibrot zu heben, das er sich inzwischen belegt hatte, sagte Philipp: »Vor einiger Zeit bin ich mal mit dem Fahrrad in unserer alten Wohngegend gewesen. Ist schon länger her. Da habe ich Oma Dannewitz mit ihrem Hund auf der Straße getroffen. Sie fing gleich an zu jammern. Keiner hilft ihr. Sie kann die Treppen so schlecht rauf und runter und der Wotan kommt zu selten auf die Straße. Die Leute, die jetzt in unserer ehemaligen Wohnung leben, hätten keine netten Kinder. Na ja, da habe ich mir eben gedacht, ich helfe ihr ein bisschen, wenn ich Zeit habe. Einkaufen oder mit dem Wotan um den Wohnblock spazieren, kann ich ja mal machen. Ich wusste bloß nicht, ob ihr das erlaubt. Darum habe ich nichts gesagt.« Philipp nagte an seinem Wurstbrot, als traue er sich nicht einmal mehr, richtig abzubeißen.

Mama und Papa warfen sich einen Blick zu. Sie wussten wohl nicht, ob sie ihm glauben konnten. Philipp hatte ein paar Mal gelogen, und es hatte oft Krach gegeben, weil er zu spät nach Hause gekommen war. Er war sogar nachts heimlich aus dem Kellerfenster geklettert, bis Mama und Papa dahinter gekommen waren. Papa schimpfte ihn einen Herumtreiber, der kein Verantwortungsgefühl hätte, weder für sich noch für andere. Und nun waren sie platt. Philipp half in seiner Freizeit unserer alten Nachbarin. War das zu glauben?

»Natürlich ist nichts Schlimmes dabei, wenn du zu Frau Dannewitz fährst«, sagte Mama. »Aber warum machst du ein Geheimnis daraus? Du kannst ruhig mehr Vertrauen zu uns haben.«

Philipp nagte weiter an seinem Brot. »In letzter Zeit verbietet ihr mir doch alles«, murmelte er. Wie ein Häufchen Unglück saß er da.

Ich war nicht sicher, ob er wirklich so gekränkt war, wie es aussah. Philipp konnte sich gut verstellen.

Auch Papa schien nicht ganz sicher zu sein. Er räusperte sich. »Es gibt keinen Grund, sich über uns zu beschweren«, begann er. »Du hast dir deine Lage selbst eingebrockt. Ich muss ja wohl nicht aufzählen, was alles vorgefallen ist. Du brauchst dir nur deine Schulnoten anzusehen. Ja, begreifst du denn nicht, wohin das führt? Du zwingst uns doch dazu, dich zu kontrollieren. Wie schnell bist du in schlechte Gesellschaft geraten und hast es nicht einmal gemerkt! Der Junge, der leider viel zu spät von deiner Schule verwiesen wurde, hatte einen katastrophalen Einfluss auf dich.«

Was ich da mitkriegte, machte mich neugierig. Philipp war in schlechte Gesellschaft geraten? Richtig mit Ganoven und so? Ein Junge war sogar von der Schule geflogen, mit dem der Philipp zusammen war? Das hörte sich spannend an.

Leider wurde Papa nicht deutlicher. Er schaute auf seine Armbanduhr und stand auf. Irgendein Treffen war bei ihm immer dran. Mama musste auch noch fort. Donnerstags hat sie Frauengruppe. Das ist ganz wichtig, sagt Mama, und da will sie nicht fehlen.

»Es ist gut, Phil.« Sie wuschelte ihm durch die Haare. »Wenn du Oma Dannewitz manchmal besuchen willst, darfst du das. Und wenn du Nele mitnimmst, ist das auch in Ordnung. Du sollst dich nicht ungerecht behandelt fühlen von uns. Es wäre manches leichter, wenn du nicht immer so verschlossen wärst. Warum kannst du nicht offen mit uns reden?«

Sie klapperte nervös mit den Autoschlüsseln, weil Philipp nicht antwortete. Er saß auf seinem Stuhl und hielt den Blick gesenkt. So was kann er stundenlang durchhalten. Aber Mama wurde davon noch kribbeliger, als sie schon war. Bei ihr soll jeder klar und offen reden und nicht herumdrucksen.

Philipp ist Weltmeister im Drucksen. Mama gab auf. Die Frauengruppe war jetzt wichtiger.

Kaum waren unsere Eltern aus der Tür, da konnte ich nicht mehr an mich halten. »Du hast mich hier sitzen lassen. Die Mama hat mich ausgequetscht wie eine Zitrone. Nur wegen dir!«

»Reg dich ab«, sagte Philipp in so einem gelangweilten Ton. »Du gehst mir auf den Keks mit deinem Gezeter. Du wirst mal genau wie die.«

Ich schnappte nach Luft. »Du bist gemein und fies! Warte nur, ich sage alles, was ich weiß, und dann kannst du was erleben!«

»Was weißt du denn?«, fragte Philipp, immer noch so gelangweilt.

»Eine ganze Menge! Du gehst gar nicht zur Oma, weil du so ein lieber Junge bist. Du kriegst Geld von ihr. Das sage ich der Mama. Und dass du mein Sparschwein geplündert hast, sage ich auch, und dass du mir jeden Tag versprichst, das Geld zurückzugeben, es aber nicht tust …«

Ich konnte nicht weiterreden. Mein Hals wurde auf einmal ganz eng. Wenn ich mich aufrege, ist das oft so. Das kommt ganz von alleine.

Philipp rannte los und holte mein Spray. »Nele, mach den Mund auf«, befahl er wie ein Doktor.

Nachdem ich die Medizin eingeatmet hatte, ging es mir sofort besser. Und weil Philipp so besorgt aussah und sich gleich um mich gekümmert hatte, war ich schon viel weniger wütend.

Er hockte ganz lieb neben mir. »Du, kratz nicht ab«, sagte er. »Wie soll ich es ohne dich aushalten in dieser Zwangsgemeinschaft, die sich Familie nennt?«

»Lenk nicht ab! Ich will mein Geld wiederhaben«, motzte ich, weil ich es gemein fand, dass Philipp einfach, ohne zu fragen, an mein Sparschwein gegangen war.

Er warf mir einen betont leidenden Blick zu. »Ja, sobald ich was habe. Aber wenn du petzt, drehen die Alten durch und sperren mich ein. Wie soll ich dann an Knete kommen? Nele, ich verspreche dir bei Winnetou und allen Indianern, du kriegst die Kohle. Morgen oder übermorgen.«

»Also gut, ich sage nichts«, versprach ich. »Aber gib

mir jetzt wenigstens ein bisschen wieder. Du hast doch was bei der Oma verdient.«

»Sie hat heute nichts rausgerückt. Manchmal ist sie knauserig. Dann sagt sie nur ›danke‹ und dass ich so ein feiner Junge bin. Dafür kann ich mir nichts kaufen.«

»Scheiße«, sagte ich.

Philipp grinste und stupste mich leicht am Arm. »Lass das nicht die Mama hören. Das ist der schlechte Einfluss, den ich auf dich habe.«

»Meinst du wie in der Stadt, wo Kinder saufen, Drogen nehmen und ganz kaputt sind? All das, was die Mama an uns nicht haben will?«

»Genau«, sagte Philipp. »Du hast es erfasst.«

»Du bist nicht kaputt«, widersprach ich. »Und Scheiße sagt doch jeder.«

»Woher willst du wissen, was mit mir los ist? Frag mal den Papa, wie labil und verdorben ich bin. Kein bisschen Verantwortungsgefühl. Und meine kleine Schwester ziehe ich mit ins Verderben.« Philipp machte ein ernstes Gesicht und sah für einen Augenblick hilflos und verloren aus.

Auf so was falle ich schon lange nicht mehr rein. Ich weiß, wie gut sich Philipp verstellen kann, wenn er mich zu etwas herumkriegen will.

»Hör auf, sonst kommen mir die Tränen. Du bist nicht verdorben, aber du stinkst nach Bier. Putz dir lieber die Zähne.«

Ohne eine Miene zu verziehen, ging Philipp ins Badezimmer. Ich hörte ihn gurgeln. Als er wiederkam, roch er nach Zahnpaste.

Wir guckten dann noch bis halb zehn einen Videofilm: Weltraumkrieger, die Knutschprobleme mit Erdenbewohnern hatten. Knallhart, aber superdoof. Mama und Papa kamen spät zurück. Ich weiß nicht, wann. Da schlief ich schon.

Philipp und ich haben denselben Schulweg. Gar nicht weit. Nur unsere Straße hinauf, bei Sonja vorbei, dann links um die Ecke, über zwei Querstraßen, und da liegt schon das Schulzentrum. Das Gymnasium ist im A-Trakt untergebracht, die Grundschule ganz am Ende vom Schulhof, im C-Trakt. Ich brauche bestimmt fünf Minuten länger bis zu meiner Klasse als Philipp bis zu seiner.

Früher sind wir zusammen aus dem Haus gegangen. Aber in letzter Zeit trödelt Philipp immer. Er ist schon fertig angezogen, hat gefrühstückt und alles, aber trotzdem geht er erst auf den letzten Drücker los. Soll er doch zu spät kommen, wenn er unbedingt will! Meistens hole ich Sonja ab. Sie ist immer pünktlich.

Ich möchte zu gern wissen, warum Philipp als Letzter morgens aus dem Haus geht. Was macht er noch in den wenigen Minuten, die er dort allein ist? Hausaufgaben bestimmt nicht. Aufräumen auch nicht. Um den Quietschi kümmere ich mich. Der bekommt jeden Morgen von mir ein Salatblatt oder eine Möhre zum Frühstück. Ich habe Philipp danach gefragt, mehrmals sogar. Ich habe ihn richtig bedrängt. Aber immer gab er mir dieselbe blöde Antwort: »Mir wird schlecht, wenn ich schon morgens auf dem Schulweg das Gequatsche von zwei I-Dötzchen mit anhören muss.«

Damit meinte er Sonja und mich. Aber das nehme ich ihm nicht ab. Als wir vor zwei Jahren hierher gezogen sind, ging Philipp morgens mit mir los. Da wurde ihm nicht schlecht. Und heute gehen Sonja und ich in die vierte Klasse. Wir sind schon lange keine I-Dötzchen mehr. Da stimmt doch was nicht.

Ich habe Sonja gefragt, wie sie das findet. Aber die hat was gegen Philipp und gegen jeden anderen Jungen auch. »Die sind entweder beknackt oder Angeber«, behauptet Sonja. »Warum machst du dir bloß Gedanken um deinen Bruder? Ist er deine Babypuppe?«

»Nein, Philipp ist nicht meine Puppe. Aber er ist mir fremd, wenn er lügt oder so komisch redet. Ich will wissen, wofür er mein Geld ausgegeben hat und was Papa mit schlechter Gesellschaft meint. Da ist etwas Bedrohliches, was ich nicht einordnen kann. Niemand spricht mit mir darüber. Mama ist oft sehr nervös. Philipp weicht mir aus. Und Papa? Er geht häufig abends noch fort oder kommt erst gar nicht zum Abendessen nach Hause.«

Vielleicht hat Lana auch etwas bemerkt. Mit ihr kann ich gut reden. Wenn ich mal früher aus der Schule komme, beeile ich mich, um Lana noch für mich zu haben. Am besten klappt das am Freitag, weil sie auf Mama warten muss und länger bleibt als sonst.

Aber heute war Mama vor mir zu Hause. Wahrscheinlich waren Klassen bei einem Ausflug oder hatten andere Veranstaltungen, was Mama eine Freistunde einbrachte. Wenn ich mir das wünsche, kommt es nie vor. Heute, wo ich Lana für mich haben wollte, hatte Mama sie mir schon weggeschnappt.

»Frau Lehrerin gibt Zensur für Arbeit und Hausaufgabe für nächste Woche«, sagte Lana lachend.

Die beiden saßen am Küchentisch und waren mit Kassenzetteln, Haushaltsbuch, Quittungen und Taschenrechner beschäftigt.

»Guck mal, Nele, eine Spinne.« Lana zwinkerte mir zu. Sie hielt eine verschrumpelte Kartoffel mit vier langen Keimen in der Hand. Wirklich, wie eine Spinne.

»Gib her, die lege ich Philipp ins Bett.«

»Nele!« Mama warf mir ihren Lehrerinnenblick zu. »Sei nicht albern, lass die Kartoffel hier.«

Ich hatte aber gerade Lust albern zu sein. »Das ist eine Knollenspinne«, behauptete ich. »Die ist sehr giftig. Lana hat sie extra für mich aus ihrer Heimat besorgt. Die Spinne beißt jeden, der mich ärgert. Lana, sag der Mama, dass das stimmt.«

Lana sagte nichts. Sie machte mir lebhaft Zeichen mit den Augen und legte einen Finger auf den Mund. Ja, ja, ich verstand schon. Mama war gereizt. Man merkte, dass sie ihre Entspannung noch nicht gemacht hatte.

Von mir aus! Ich riss der Spinne drei Beine aus und da verwandelte sie sich wieder in eine welke Schrumpelkartoffel. Aus dem Kühlschrank holte ich Cola und goss mir ein Glas ein. Gerade als ich damit aus der Küche ging, sagte Mama: »Lana, die Haushaltskasse stimmt auch diesmal nicht. Es fehlt Geld.«

»Ich habe jeden Pfennig abgerechnet und alles aufgeschrieben«, beteuerte Lana. »Das muss stimmen.«

»Es fehlen genau zwanzig Mark. Auch letzte Woche haben zwanzig Mark gefehlt. Das kann kein Zufall sein.«

Mama tippte weiter auf ihrem Taschenrechner, ohne aufzublicken. Ich verdrückte mich lieber, bevor sie merkte, dass ich mein T-Shirt voll gekleckert hatte.

Als ich schon aus der Küchentür war, kriegte ich gerade noch mit, wie Mama sagte: »Ach, Lana, da ist noch etwas, was ich Sie fragen wollte. Kochen Sie neuerdings mit Cognac?«

»Bittä?«, machte Lana.

»War nur eine Frage. Unsere Cognacflasche leert sich

nämlich in letzter Zeit wie von selbst. Das Zeug kann doch nicht verdunsten.«

Nein, bestimmt nicht, dachte ich. Und Zwanzigmarkscheine können auch nicht einfach verschwinden.

Beim anschließenden Mittagessen seufzten wir wohlig um die Wette. Endlich zwei Tage keine Schule. Freitagmittag kommt mir die freie Zeit immer so richtig lang vor.

»Ausschlafen, faulenzen«, stöhnte Philipp genüsslich.

»Aufräumen, Vokabeln lernen«, machte ihn Mama im selben Tonfall nach. Und dann, fast vorwurfsvoll: »Was hast du auf? Du legst mir deine Hausaufgaben vor, wenn du fertig bist. Und zwar heute noch. Morgen habe ich keine Zeit.«

»Mir wird schlecht.« Philipp sprang auf und lief ins Bad. Anschließend verschwand er in seinem Zimmer. Sein Teller war noch halb voll.

Mama kleckerte Sauce auf die Tischdecke und gab Philipp die Schuld. »Der Junge kostet mich Nerven! Nele, geh nachsehen, was er macht. Frag ihn, ob er noch aufessen will.«

Ich trabte los. »He, großer Bruder, die Häuptlingsmutter lässt fragen, ob du noch weiter am Büffelknochen nagen willst«, sagte ich.

Philipp und ich waren nämlich früher begeisterte Rothäute gewesen. Aus unseren Kinderzimmern hatten wir

Indianerlager gemacht. Winnetou und die alte Schmetterhand ritten auf Postern zu unserem Stamm. Wir hatten uns eine bestimmte Art zu reden angewöhnt. Indianisch eben – jedenfalls so, wie wir uns das vorstellten.

Aber Philipp will schon lange keine Rothaut mehr sein. Seit er auf das Gymnasium geht, findet er Indianerspiele bescheuert. Nur manchmal reden wir noch ein bisschen so. Aus Quatsch.

Philipp saß an seinem Schreibtisch. Er hatte ein wildes Durcheinander von Heften und Büchern vor sich aufgehäuft und kramte weiter in dem Rucksack, den er seit einiger Zeit für seine Schulsachen nimmt.

»Hat die Mama sich schon im Wohnzimmer verschanzt?«, fragte er.

»Noch nicht, sie räumt die Küche auf.«

Philipp ließ den Rucksack auf den Boden fallen. »Du musst mir helfen«, murmelte er und packte mich an beiden Schultern. »Hast du gehört? Du musst mir jetzt helfen. Du musst!«

Ich schüttelte ihn ab und ging zwei Schritte von ihm weg. »Bist du nicht ganz dicht? Was soll das?«

»Mir ist schlecht. Los, Nele, halt die Mama in der Küche auf. Schmeiß einen Teller runter, krieg meinetwegen einen Schreikrampf. Lass dir irgendwas einfallen. Nur für eine Minute. Nele, bitte, ich tue dir auch mal einen Gefallen.«

Ich tippte mir an die Stirn. »Du spinnst.«

Philipp wischte sich über das Gesicht. Er schwitzte. Dabei war es gar nicht besonders warm.

»Warum soll ich die Mama in der Küche festhalten? Sag mir, was du vorhast.«

»Ich muss nur schnell etwas aus dem Wohnzimmer holen, ehe sie wieder auf dem Kopf steht. Ich habe da was ... vergessen. Komm, Nele, nun mach schon. Es geht ganz schnell.«

»Sag mir, was du da holen willst. Vielleicht mache ich es dann.«

»Medizin. Ich bin nämlich krank.«

Ich glaubte ihm nicht. Aber ich machte doch, was er wollte. Weil er so elend aussah – so wie ein Indianer am Marterpfahl.

Ich lief also in die Küche zu Mama und jammerte: »Auf dem Rücken piekst mich was. Bestimmt krabbelt da eine Ameise.«

Mama guckte nach, fand aber nichts.

»Jetzt hier, auf dem Bauch!«, schrie ich.

Mama zog mir das T-Shirt über den Kopf und das Unterhemd hinterher. Wir krempelten alles auf links und schüttelten wie wild. Dann zogen wir alles wieder richtig herum. Aus den Augenwinkeln schielte ich auf Philipps Zimmertür. Erst war sie angelehnt, aber auf einmal war sie zu. Na ja, da piekte mich nichts mehr. Ich zog mich wieder an. Mama redete noch was von einer Bombe, die bald platzt, und stapelte dabei die Geschirrspülmaschine voll.

Ich reichte ihr Philipps Teller. »Er will nicht mehr«, sagte ich. »Vielleicht ist er krank.«

Sie sah mich eindringlich an. »Hat er das gesagt oder behauptest du das?«

»Das sieht man doch«, wich ich aus.

Sie leerte den Teller im Mülleimer aus und stellte ihn zu den anderen in den Geschirrspüler. Dabei stieß sie fast eine Ecke ab. Ohne noch ein Wort zu sagen, ging sie ins Wohnzimmer. Zu ihrer Entspannung.

Und ich düste zu Philipp. »Zeig mir die Medizin!«

»He?«, machte er und blinzelte dabei, als fielen ihm gleich die Augen zu. »Was nuschelst du?«

»O nein! Tu nicht so doof. Ich will die Pillen sehen, die du angeblich im Wohnzimmer vergessen hattest. Los, zeig sie her.«

Philipp saß vor seinem Schreibtisch und fing seelenruhig an, Hefte und Bücher aufeinander zu legen. Dabei brummelte er vor sich hin: »Wie heißt das, wenn man einen Turm baut? Heißt das türmen?« Er fing an zu kichern. »Ich türme, ich türme«, sang er leise.

»Philipp! Du zeigst mir die Pillen oder ich sage es der Mama!«

»Das waren keine Pillen. Schrei nicht so. Du bist immer so schrill, Nele. Das waren Tropfen.« Wieder kicherte er. »Ich habe sie geschluckt. Gluck, gluck … Verstehst du?«

Wenn Philipp mir so doof kommt, dann wünsche ich mir Riesenkräfte, die mich wachsen lassen, ganz schnell wie ein Luftballon, der aufgeblasen wird. Dann möchte ich auf der Stelle dreimal so groß sein wie jetzt und dreimal so stark.

Ich ging auf Philipp los und schubste ihn. Ausnahmsweise muss mein Wunsch diesmal in Erfüllung gegangen sein. Jedenfalls fiel Philipp vom Stuhl und riss seinen Bücherturm mit. Dabei hatte ich gar nicht mit voller Wucht geschubst.

Das Kichern verging ihm. Er verzog das Gesicht, weil er sich gestoßen hatte. Ich stand über ihm, dreimal so groß und dreimal so stark. »Was war das für Medizin?«

Philipp richtete sich ein wenig auf und rieb seinen linken Ellbogen. Mit weinerlicher Stimme sagte er: »Warum machst du so was mit mir? Alle sind gegen mich.«

»Ich habe dich was gefragt«, sagte ich wie Mama, wenn sie richtig zornig ist.

Philipp angelte nach dem Rucksack. Aus der Vordertasche zog er eine kleine, braune Flasche und hielt sie mir hin. Sie hatte Ähnlichkeit mit einer Medizinflasche, war aber leer.

»Wofür sind die Tropfen?«, fragte ich. »Seit wann musst du die nehmen?«

»Mensch, Nele, du Sumpfhuhn, lass mich in Ruhe! Du raubst mir den letzten Nerv. Was geht dich das an?«

Philipp kriegte plötzlich einen Wutanfall. Er schleuderte ein Buch nach mir und kam auf die Beine. Ich wich ein Stück zurück. Aber er packte mich an beiden Armen und stieß mich rückwärts gegen die Wand. »Misch dich nicht ein«, zischte er. »Sonst mache ich dich fertig. Ich habe schon Stress genug, verdammt noch mal.«

Er riss an meinen Armen und stieß mich so heftig gegen die Wand, dass mein Kopf dagegen knallte. Es dröhnte innen und außen. Ich fing an zu schreien. Philipp riss und stieß und zischte weiter wilde Vorwürfe. Doch genauso plötzlich, wie er angefangen hatte, ließ er mich los und rannte aus dem Zimmer. Ich hörte noch, wie die Haustür zuknallte. Dann war es still.

Für eine Weile war ich ganz benommen. Ich stand in Philipps Zimmer und dachte – nein, vor Schreck dachte ich gar nichts mehr. Erst allmählich spürte ich, dass meine Arme brannten, da, wo er mich gepackt hatte. An meinem Kopf wuchs eine Beule. Langsam rutschte ich mit dem Rücken an der Wand runter und blieb auf dem Boden hocken. Ich konnte es nicht fassen. Philipp hatte mich schon oft geschubst, geboxt oder gehauen. Immer war er stärker und manchmal auch fies, aber anders. Es war nie richtig schlimm gewesen, nie so wie eben. Er hatte auf mich eingedroschen, als wollte er mich kaputtmachen.

Als Mama mit ihrer Entspannung fertig war, schaute sie zur Tür herein. »Ach, hier steckst du«, sagte sie. »Was war denn wieder los? Müsst ihr euch immer zanken? Wo ist Philipp?«

»Weiß nicht.« Mehr fiel mir nicht ein bei so vielen Fragen auf einmal.

»Hast du deine Hausaufgaben gemacht?«

»Nein.«

»Also los, dann fang an. Häng nicht so rum, Nele. Das kann ich nicht leiden.«

»Der Philipp hat mir wehgetan!« Erst jetzt kamen die Tränen. Ich wollte, dass Mama zu mir kam und mich ganz fest in den Arm nahm. Ich wollte ihr alles erzählen, die Sache mit meinem Sparschwein und der Medizin und dass der Philipp gar nicht mehr richtig der Philipp war.

Aber Mama kam keinen Schritt näher. »Nele, du bist doch selber schuld«, sagte sie. »Lass deinen Bruder in Ruhe. Immer rennst du hinter ihm her und willst, dass er sich mit dir abgibt. Wie oft habe ich dir schon gesagt, du sollst ihm nicht dauernd mit deinen Fragen in den Ohren liegen. Komm, spiel nicht die beleidigte Leberwurst. Mach jetzt deine Hausaufgaben. Danach kannst du meinetwegen bis zum Abendessen zu Sonja gehen. Ich habe jetzt wirklich keine Zeit für dich. Ich muss zum Supermarkt und zum Bäcker. Du weißt doch, morgen Abend findet unser lang geplantes Gartenfest statt. Es ist noch nichts vorbereitet.«

Mama ließ mich da hocken und klapperte auf ihren Haussandalen davon.

»Mama!«, rief ich ihr nach. »Nie hörst du zu. Ich habe eine Beule am Kopf und der Philipp ist krank. Ich muss dir was sagen!«

Sie kam nicht zurück. Sie antwortete nicht einmal. Schluchzend stand ich auf und suchte sie. Mama saß im Wohnzimmer und telefonierte mit dem Partyservice. »Ich lege Wert darauf, dass die Platten schön garniert werden!«, sagte sie gerade.

Da ging ich in mein Zimmer und nahm mein Meerschweinchen aus dem Käfig. Ganz leise erzählte ich ihm, dass ich jetzt weglaufe und nie mehr wiederkomme. Und dann stellte ich mir vor, wie Mama mich überall sucht. Philipp läuft durch die Straßen und ruft meinen Namen. Papa mietet sich einen Hubschrauber und guckt aus der Luft in alle Gärten und Parks, er peilt von oben auf den Schulhof, auf die Tennisplätze und am Rotbach entlang. Alle Gäste, die zum Gartenfest kommen, müssen die

Nachbarn fragen, ob sie mich gesehen hätten. Ich bin wie vom Erdboden verschwunden. Keine Spur von Nele.

Der Quietschi hörte sich alles an und wurde dabei ganz munter. Ich ließ ihn in meinem Zimmer herumlaufen, damit er Abwechslung und Bewegung hatte. Dann ging ich wirklich fort. Aber nur zu Sonja.

Erst spielten wir ein bisschen, mal dies, mal das. Ich hatte zu nichts richtig Lust. Dann schalteten wir den Fernseher ein. Es kam nur Quatsch. Sonja setzte sich schließlich auf die Fensterbank und probierte ihren neuen Kopfhörer aus.

»Bin ich froh, dass ich keinen Bruder habe«, sagte sie, nachdem ich ihr alles erzählt hatte. »Mir reicht schon der Bekannte von meiner Mutter. Du kannst dir nicht vorstellen, wie der sich hier aufspielt!«

Sonjas Eltern hatten sich vor einem Jahr getrennt. Ihr Vater war ausgezogen. Seitdem lebt Sonja mit ihrer Mutter allein. Nun erzählte mir Sonja, dass da wieder was im Busch sei. Damit meint sie, dass ihre Mutter einen Neuen hat. Freund darf Sonja nicht sagen, sondern Bekannter. »Wegen der Nachbarn. Verstehst du das, Nele? Ich nicht.«

Sonja erzählte noch, dass er Erwin heißt und manchmal auch nachts zu Besuch kommt. »Ich sage dir, da geht die Post ab. Die meinen natürlich, ich kriege nichts mit. Aber ich bin doch nicht von gestern.«

Sonja war in Gedanken nur bei diesem Erwin. Auch wenn sie so tat, als wäre sie nicht eifersüchtig, spürte ich es doch ganz genau. Ich wusste zwar nicht, wieso die Post abgeht und was Sonja damit genau meinte. Nur dass es mit Knutschen und Kinderkriegen zu tun hatte, war mir klar. Sonja sagte: »Denk lieber gar nicht darüber nach. Es lohnt sich wirklich nicht.«

Sie spielt sich gern ein bisschen auf, aber das stört mich nur selten. Wir sind schon lange Freundinnen und erzählen uns alles.

Auf einmal winkte Sonja heftig von der Fensterbank. »Du, Nele, komm mal. Da drüben hält sich einer am Gartenzaun fest. Ich glaube, das ist dein Bruder.« Sie nahm den Kopfhörer ab. »Du meine Güte, hat der Schlagseite. Gleich kippt er um.«

»Was spinnst du dir da zusammen?« Ich hatte es mir gerade mit einem Kaugummi und Sonjas Gameboy – Geschenk von Erwin – bequem gemacht.

»Nun komm schon.« Sonja wurde ganz aufgeregt. »Das musst du dir ansehen! Oder ist das gar nicht dein Bruder?«

Doch, es war Philipp. Er hielt sich mit einer Hand an Schleeders Gartenzaun fest. Er schwankte und krümmte sich. Dann ließ er los und stolperte vorwärts. Aber nur ein paar Schritte. Er schaffte es gerade bis vor die Gartenpforte. Da ging er in die Knie.

Sonja und ich starrten beide zu Philipp hinüber. Der hing da, grabschte nach irgendeinem Halt, fuchtelte in der Luft herum und versuchte, wieder auf die Beine zu kommen. Aber es gelang ihm nicht.

»Ich würde sagen, der ist besoffen«, meinte Sonja ganz cool. »Neulich war ich mit meiner Mutter beim Schützenfest. Da kam uns einer entgegen, der war auch so drauf. Allerdings war das ein Mann. Sind denn Kinder auch schon Säufer? Gibt's das überhaupt?«

»Mensch, Sonni, der ist krank. Siehst du das nicht? Vielleicht hat er was Verdorbenes gegessen. Ihm war schon heute Mittag schlecht. Wir müssen ihm helfen.«

Ich rannte los. Die Beule am Kopf hatte ich nicht vergessen, auch nicht, dass ich schrecklich sauer war. Aber in diesem Augenblick war die Angst um meinen Bruder größer als meine Wut. Philipp war in einem so erbärmlichen Zustand, wie ich es noch bei keinem Menschen gesehen hatte. Und niemand half ihm.

Sonja kam hinter mir her. Das Erste, was sie sagte, als wir Schleeders Gartenpforte erreicht hatten, war: »Pfui Teufel, der stinkt wie Bahnhofsklo.«

Philipp war völlig eingesaut mit Dreck und Kotze. Es ekelte mich, ihn anzufassen. Frau Schleeder kam aus ihrer

Haustür. Gleichzeitig hielt ein Auto neben uns. Ein Mann, den ich nicht kannte, stieg aus.

Frau Schleeder stieß lauter spitze Bemerkungen aus. »Vor meinen Rosen … das ist ja wohl … also nein, so jung und bereits ein Säufer.«

»Sonja, nun pack doch mal mit an! Wir müssen ihn hier wegschaffen.« Ich zog und zerrte an Philipp. Der war zusammengesunken und schien nur noch aus Gummi zu bestehen. Ich schaffte es nicht, ihn wieder auf die Beine zu stellen.

Ehe Sonja sich bequemte, fasste der Mann Philipp unter die Arme und stellte ihn auf. »Donnerwetter, hat der eine Schnapsfahne! Voll bis oben hin, was?«, bemerkte er. Dann wandte er sich an mich. »Weißt du, wo er wohnt?«

»Na klar, sie ist seine Schwester«, kam mir die Schleeder zuvor. »Die wohnen da drüben.« Sie zeigte auf unser Haus. »Sag deiner Mutter, dass sie die Schweinerei wegputzen soll. Hast du gehört?«

Der Mann ließ sich von dem Gemecker gar nicht beeindrucken. Das fand ich prima. Trotzdem wollte ich schnell hier weg. Wenn Philipp bloß nicht so schlaff wäre! Ich zog an seinem Arm. Hätte der fremde Mann ihn nicht festgehalten, wäre Philipp umgekippt.

»Langsam! So geht das nicht. Du musst deinen Bruder stützen«, sagte der Mann zu mir. Er legte einen Arm von Philipp über meine Schulter, dann nahm er meine Hand und schob sie um Philipps Hüfte. »Pack ihn am Hosenbund. Das ist ein fester Halt.« Er schob uns leicht an und tatsächlich torkelte Philipp los. Mir wurde übel von seinem Gestank. Meine Knie wackelten. Aber wir erreichten unser Haus.

Sonja war neben uns hergelaufen. Sie schloss die Haustür auf. Dann schoben wir beide Philipp hinein. Er stützte sich an der Wand ab. Es klappte einigermaßen.

Jetzt musste Mama ihm helfen. Ich schrie, so laut ich konnte: »Komm schnell! Der Philipp sieht aus wie ein Schwein. Er saut alles ein.« Aber Mama hörte nicht. Ich lief ins Wohnzimmer, guckte in die Küche und ins Bad. Sie war nicht da. Ach ja, sie wollte zum Supermarkt und zum Bäcker fahren.

Weil mir nichts Besseres einfiel, packte ich Philipp und schob ihn ins Badezimmer, gleich bis unter die Dusche, mit Hose, Schuhen und allem. Dann drehte ich auf. Er hockte in der Duschschüssel und schnappte nach Luft. Ich glaube, er wusste nicht einmal, wo er war.

Philipp schien ein bisschen munterer zu werden von dem kalten Wasser. Er fuchtelte mit den Armen, lallte irgendwas und spuckte einen Schwall Schnapsjauche aus. Ich richtete sofort den Wasserstrahl darauf.

»Hör auf damit«, meinte Sonja mitfühlend. »Du musst ihn ja nicht gleich ersäufen.«

Ich stellte das Wasser ab. »Und nun? Was machen wir

mit ihm? Wir können Philipp nicht hier hocken lassen, so pitschnass.«

»Ab in die Falle«, sagte Sonja auf ihre coole Art. »Im Bett kann er seinen Rausch ausschlafen. Aber vorher müssen wir ihn wohl ausziehen.«

Zu zweit versuchten wir, Philipp aus den nassen Klamotten zu zerren. Die Schuhe gaben quatschende Geräusche von sich. Die Socken klebten und rollten sich auf links, als wir daran zogen. Das klappte trotzdem noch ganz gut. Mit dem T-Shirt hatten wir mehr Schwierigkeiten. Sonja zog an den Ärmeln und ich unten am Bund. Philipp fing an, wild um sich zu schlagen. Der nasse Stoff klebte ihm im Gesicht. Er bekam keine Luft mehr. Also das Ganze wieder zurück. Beim zweiten Versuch schafften wir es.

Jetzt kamen die Jeans dran. Wir fingen beide an zu kichern. Überhaupt fanden wir es entsetzlich komisch, den Philipp zu retten. Wir merkten genau, dass es ihm schlecht ging. Aber weil er so benebelt war und gar nichts mitkriegte, machten wir blöde Bemerkungen. Das Gekicher half auch ein bisschen gegen den Schreck, den ich noch immer nicht überwunden hatte.

Weil er so schwer war, mussten wir ihn unter den Armen packen und aus der Dusche ziehen. Mit einem Plumps landete er auf dem Badezimmerboden. Dabei rülpste er wie ein Nilpferd. Wir lachten. Sonja machte ihn nach und darüber mussten wir noch mehr lachen. Zuerst zogen wir den Reißverschluss auf, dann packte Sonja das eine Hosenbein und ich das andere. Wir riefen »hau ruck« und zogen gleichzeitig. Dann noch mal »hau ruck«. Die Jeans rutschte herunter und die Unterhose gleich mit. Philipp lag nackt auf den Fliesen.

Nun versuchten wir, ihn in sein Bett zu schleifen. Sonja packte seine Fußgelenke, ich griff ihn unter den Achseln. Wir schafften es nur stückchenweise vorwärts. Philipp war ganz schlaff. Sein Kopf baumelte von einer Seite zur anderen. Wir mussten sehr aufpassen, dass er uns nicht aus den Händen rutschte. Auch wenn wir albern waren, wollten wir ihm doch auf keinen Fall wehtun. Er war schon übel genug dran.

Auf einmal stand Mama vor mir. Ich hatte sie gar nicht kommen gehört. Sie starrte auf den nackten Philipp, der von uns abgeschleppt wurde. Ihr Gesicht verlor alle Farbe.

Da erzählte ich ihr ganz schnell, wie Philipp auf der Straße umgefallen war, und dass Frau Schleeders Rosen was abgekriegt hatten, und wie tierisch anstrengend es gewesen war, Philipp bis hierher zu schaffen. Meine Schultern und meine Arme taten noch weh. Auf einmal war gar nichts mehr lustig.

Mama starrte auf Philipp, als würde sie ihn nicht wieder erkennen, als läge vor ihr ein fremdes, verwahrlostes Tier.

»Ist er sehr schlimm dran?«, fragte ich leise. »Wann wird er denn wieder normal?«

Mama räusperte sich, aber statt zu antworten, presste sie die Lippen noch fester aufeinander. Sie zog ihre Jacke aus, holte ein Handtuch aus dem Badezimmer und wickelte es um Philipp. Dann beugte sie sich über ihn und hob ihn hoch. Ich sah, wie sie sich anstrengte. Aber ich sah auch ihre Entschlossenheit, die etwas Wütendes hatte. Erst als Philipp im Bett lag, sagte sie: »So richtet man sich selbst zu Grunde. Er hat eine Alkoholvergiftung.«

Philipp schlief wie ein Toter. Das war mir unheimlich. Ich ging ein paar Mal an sein Bett und sprach mit ihm, richtig laut. Aber er hörte nichts. Ich zupfte an seinem Ohrläppchen, schüttelte ihn leicht an den Schultern und kitzelte ihn am Fuß. Auch das merkte er nicht. Da kniff ich ihn in den Arm, nicht sehr fest, aber doch so, dass er einen roten Fleck bekam. Langsam zog er den Arm weg. Da wusste ich, dass er noch lebte.

Als ich das nächste Mal nach ihm guckte, drang mir schon an der Tür ein säuerlicher Gestank entgegen. Philipp hatte sich erbrochen. Er war ganz voll geschmiert. Ich holte schnell die Mama.

Sie zog das Kopfkissen unter Philipp vor. Dann wischte sie ihm das Gesicht ab und legte ein großes Handtuch auf die Matratze. Philipp ließ alles mit sich geschehen. Er merkte nichts.

»Ist er ohnmächtig?«, fragte ich.

»Ja, so ähnlich. Der Alkohol hat sein Gehirn gelähmt und viele Zellen zerstört. Es wird lange dauern, bis sein Körper das Gift ausgeschieden hat. Vielleicht wäre es besser, ihn in ein Krankenhaus zu bringen. Ich habe schon mit Papa telefoniert und ihm erzählt, was hier los ist. Er kommt gleich nach Hause, um sich diese Schnapsleiche anzusehen. Warum macht Philipp so etwas? Ich verstehe den Jungen nicht.«

Mama ging aus dem Zimmer, und ich riss das Fenster auf, weil das Gift aus dem Philipp so stank. Dann holte ich den Quietschi und flüsterte ihm zu, dass wir beide jetzt auf Philipp aufpassen müssten. Der Quietschi lief im Zimmer herum und schnupperte überall. Er war ganz unruhig. Bestimmt merkte er auch, dass hier etwas nicht in Ordnung war.

Als Papa kam, guckte er sich den Philipp an, ohne etwas zu sagen. Er nahm sein Handgelenk und zählte irgendwas. Dann schickte er mich los, ein Glas Wasser zu holen. Er griff Philipp unter die Arme, sodass er etwas hochkam, und hielt ihm das Wasser an den Mund. Philipp trank, ohne die Augen zu öffnen. Danach ging Papa ins

Wohnzimmer an seine Hausbar und schenkte sich ein Schlückchen ein.

Da flippte Mama aus. »Fällt dir beim Anblick deines Sohnes nichts anderes ein, als selber zur Flasche zu greifen? Ein kluger Mann hat mal gesagt: Erziehung ist Liebe und Beispiel. Darüber solltest du ruhig nachdenken. Und jetzt rufe ich den ärztlichen Notdienst an.«

»Christa, verschone mich mit deinen pädagogischen Lehrreden, ja?« Papa nippte an seinem Glas. »Ich knöpfe mir den Jungen vor, sobald er wieder nüchtern ist. Er braucht keinen Arzt. Sein Puls ist fast normal. Denk lieber an die Party morgen und mach ein anderes Gesicht.«

Mama machte aber kein anderes Gesicht. »Ich fasse es nicht«, stieß sie voller Empörung hervor. »Ja, ist dir denn dein Sohn so gleichgültig? Du hast selber schon festgestellt, dass sich deine angebrochenen Flaschen schneller leeren, als du sie austrinkst. Kommt dir dabei kein Verdacht? Könnte es nicht sein, dass Philipp heimlich deinem Beispiel folgt? Wenn du dich ärgerst, Stress hast oder eine andere Ausrede, genehmigst du dir deine Schlückchen. Glaubst du wirklich, die Kinder kriegen das nicht mit?«

»Nele, geh bitte in dein Zimmer«, sagte Papa. »Du musst nicht immer so neugierig sein. Ich möchte mich jetzt allein mit Mama unterhalten.«

Sie schoben mich ab. Immer wenn sich ein Krach zwischen ihnen anbahnt, muss ich in mein Zimmer gehen. Ich fühlte die Spannung und hatte Angst.

Weil ich die Wohnzimmertür nicht richtig schloss und mich auf dem Flur herumdrückte, hörte ich noch, wie Papa fortfuhr: »Nimm dieses Besäufnis nicht zu ernst. Ich garantiere dir, in Zukunft wird ihm schlecht, wenn er Alkohol nur riecht. Die Erfahrung, die er jetzt macht, ist das Beste, was ihm passieren konnte. Ihm kann gar nicht schlecht genug sein! In Zukunft rührt er meine Flaschen nicht mehr an, da bin ich sicher. Peinlich ist nur, dass die halbe Siedlung seinen Zustand mitgekriegt hat. Ausgerechnet die Schleeder musste dazukommen. Wer nicht hinter der Gardine gehangen hat, erfährt es von ihr brühwarm nachträglich.«

»Wer war bloß dieser fremde Mann?«, hörte ich die Mama sagen. »Hoffen wir, dass er nicht doch um die Ecke wohnt und Nele ihn bloß noch nicht gesehen hat. Wenn ich eins nicht leiden kann, dann sind es Klatsch und Tratsch in der Nachbarschaft.«

Ihre Stimme verriet, dass sie zornig war. Ich hörte ihre Schritte und flitzte in mein Zimmer.

Später rief sie aus der Küche nach mir. »Nele, deck den Tisch!«

Die Schranktüren knallten, das Besteck schepperte. Mama schimpfte vor sich hin, weil der Salat voller Läuse war und die Zitrone eine matschige Stelle hatte.

Wenn Mama so drauf ist, suche ich immer ganz schnell nach einer Ausrede, um in Deckung zu gehen. »Ich muss aufs Klo!«

Aber Mama fiel nicht darauf rein. »Du deckst den Tisch. Drück dich nicht immer vor der Hausarbeit. Muss ich denn alles allein machen?«

Sie musste nicht. Ich half ihr, so gut ich konnte. Trotzdem wurde Mamas Zorn nicht weniger.

»Hast du deine Schulaufgaben gemacht?«, fuhr sie mich an.

Hatte ich nicht.

»Hast du den Käfig von Quietschi ausgemistet?«

Hatte ich auch nicht.

»Ja, warum denn nicht?«

»Weil doch die Sache mit dem Philipp war, da hatte ich keine Zeit, und ...«

»Also, die Sache mit dem Philipp. Erzähl es bloß nicht überall herum. Ich begreife nicht, dass ihr so etwas auch noch zum Lachen findet.«

Mama war gemein! Sollten wir Philipp etwa vor Schleeders Gartenpforte liegen lassen? Oder so verdreckt ins Bett schaffen? Dann hätte sie auch gemeckert. Es gibt Tage, da kann man der Mama nichts recht machen. Dann ist sie doof. Aber das darf man von Eltern nie sagen. Auch nicht, wenn es stimmt. Ich spürte, wie mein Hals eng wurde und ich nur noch schwer Luft bekam. Da knallte ich den Wursteller auf den Tisch und holte schnell mein Atemspray.

»Auch das noch«, stöhnte Mama.

Mit meiner Atemnot ist das komisch. Ich weiß nie, wann und warum ich plötzlich keine Luft mehr bekomme. Deshalb soll ich immer das Sprayfläschchen bei mir haben, aber oft vergesse ich es. Unser Kinderarzt meint, das könne sich verwachsen. Entwicklungsschwierigkeiten nennt er das. Darunter kann ich mir gar nichts vorstellen. Meistens ist es lästig, aber manchmal bin ich ganz gerne entwicklungsschwierig. So wie jetzt. Ich brauchte den Tisch nicht zu Ende zu decken und Mama konnte mich nicht länger als Mülleimer für ihren Zorn nehmen.

Am nächsten Tag war Philipp schon nicht mehr so giftig und stinkig. Da war er nur noch krank. Ihm war schlecht und schwindelig. Er hatte dauernd Durst, konnte aber nichts essen und nicht richtig denken. Vor allem konnte er sich an nichts erinnern.

Mama versuchte, ihn auszuquetschen. »Wo warst du? Mit wem hast du dich so betrunken? Warum? Woher hattest du den Alkohol?«

»Lass mich in Ruhe«, knurrte Philipp und flüchtete mit dem Kopf unter die Decke.

Mama versuchte es mehrmals. Philipp sagte aber immer nur: »Lass mich in Ruhe.« Er war noch ganz schwach.

Weil er mir Leid tat, wollte ich ihn an einen Trick erinnern, den wir früher manchmal angewendet hatten. »Du musst dir denken, dass du ein Indianer bist und dass die Weißen dich aushorchen wollen«, flüsterte ich ihm zu, als Mama gerade nicht im Zimmer war. »Dann ist es nicht so schlimm.«

Philipp glotzte mich an, als wäre ich nicht ganz richtig im Kopf. Ich glaube, er konnte sich nicht einmal mehr erinnern, dass wir früher oft Indianer gespielt hatten.

Mama ließ ihn schließlich in Ruhe, aber mit der Androhung: »Dich knöpfe ich mir noch vor, mein Sohn!« Sie war total nervös wegen dem Gartenfest. Laufend telefonierte sie. Und den Papa machte sie auch nervös. »Paul, wann holst du das Bierfass? Denk an die Bänke für die Terrasse. Bring noch Papierservietten mit. Meinst du, dass Dr. Faller mit seiner neuen Freundin kommt? Wir hätten seine geschiedene Frau nicht einladen sollen. Das wird peinlich.« So ging das den ganzen Tag.

Ich musste Papa helfen, bunte Glühbirnen im Garten anzubringen und Biergläser auszuwischen. Philipp hing nur in seinem Zimmer rum und tat nichts. Er schaltete nicht mal den Fernseher ein.

Abends kamen viele Leute. Natürlich nur Erwachsene.

Es waren Bekannte aus dem Tennisverein von Papa und aus der Frauengruppe von Mama. Einige Lehrer aus der Schule von Mama waren auch da und die Mitarbeiter aus Papas Zahnlabor und dann noch ganz viele andere Leute. Die meisten kannte ich nicht.

Alle brachten Geschenke mit. Pralinen, riesige Blumensträuße, aber vor allem Flaschen mit was »Edlem« drin. So nannte Papa das jedenfalls.

Wieso Schnaps edel sein soll, kann ich nicht begreifen. In jeder Flasche waren Wein, Whisky, Sekt und so was. Keiner brachte leckeren Traubensaft mit. Erwachsene haben wirklich einen komischen Geschmack.

Erst schnatterten die Gäste nur freundlich durcheinander. Aber als Papa dann das Bierfass anzapfte, wurde es laut. Wirklich, ein Kindergeburtstag ist nichts dagegen. Als es schon dunkel war und die bunten Glühbirnen leuchteten, die Papa und ich in die Bäume gehängt hatten, kam Philipp aus seinem Zimmer geschlichen. Vorher hatte er sich nicht blicken lassen.

Wir saßen eine Weile im Wohnzimmer und beobachteten das Gewimmel im Garten. Auf dem Tisch vor uns standen die Geschenke, alle durcheinander. Plötzlich nahm Philipp ganz schnell zwei Flaschen und verschwand damit in seinem Zimmer. Er kam aber gleich wieder zu mir zurück.

»Nele, hab keine Angst«, sagte er. »Ich trinke davon

keinen Tropfen. Das schwöre ich dir. Aber ich kenne einen, der ist ganz scharf darauf. Dem verkaufe ich das und dann kriegst du dein Geld zurück. Es fällt bestimmt nicht auf, wenn hier zwei Flaschen fehlen. Du darfst bloß nichts sagen.«

Ich war froh, dass Philipp endlich wieder normal redete. Aber zugleich war ich nicht froh, weil er doch den Schnaps, oder was das war, geklaut hatte. Das sagte ich ihm auch.

»Mensch, Nele!« Philipp lächelte säuerlich. »Willst du, dass Papa und Mama all das ungesunde Zeug selber trinken? Dann werden die Alkoholiker. Zähl mal, wie viele Flaschen hier stehen. Das ist doch Wahnsinn.«

Es waren dreiundzwanzig Flaschen. Ich habe zweimal gezählt. Eigentlich müsste man noch mehr wegschaffen, dachte ich. Aber einfach klauen?

Philipp musste mir angesehen haben, was in meinem Kopf herumspukte. »Mach dir keine dummen Gedanken«, sagte er. »Das ist schon in Ordnung. Morgen kriegst du dein Geld. Du kannst mitkommen, wenn ich das verdammte Zeug verkaufe. Der Typ muss mir einen guten Preis machen. Es springt auch noch ein Eis für uns dabei heraus. Einverstanden?«

Ich wusste selber nicht, ob ich einverstanden war oder nicht. Die dummen Gedanken waren immer noch in meinem Kopf. Konnte ich meinem Bruder überhaupt noch trauen? Ich dachte daran, was ich von Papa aufgeschnappt hatte. Dass Philipp sich nie wieder betrinken würde, nachdem ihm so entsetzlich schlecht davon geworden war. Wenn er also dieses Zeug wirklich nur verkaufen wollte – meinetwegen. Aber wenn Philipp nun doch log?

»Vergiss alles, was mit mir war«, sagte Philipp. »Das ist Vergangenheit. Ich verkaufe den Dreck und danach fasse ich nie wieder eine Flasche an.«

Am anderen Morgen weckte mich Philipp. »Kommst du mit zum Baggersee?«, grummelte er mir ins Ohr, als ich noch halb schlief.

Ich brauchte eine Weile, bis ich munter wurde, aber dann war ich sofort einverstanden.

Philipp wickelte die Flaschen in ein Handtuch. Dann packte er seine Badehose ein und stopfte alles in eine Plastiktüte. Ich suchte auch meine Badesachen zusammen. Es war schon morgens so warm, dass ich mich riesig aufs Schwimmen freute.

Mama und Papa schliefen noch. Die Party musste bis zum Hellwerden gedauert haben. Ich war noch ein bisschen müde, weil ich immer wieder aufgewacht war von dem Lärm. Aber Philipp war munter und richtig aufgekratzt.

Er schrieb einen Zettel für Mama und Papa. Damit sie nicht gleich wieder ausrasteten, wenn sie aufstanden und wir verschwunden waren. Leise holten wir unsere Räder aus dem Keller. Der Wind war angenehm kühl und die Sonne gleichzeitig warm. Auf den Straßen fuhren nur wenige Autos am Sonntagmorgen. Eine Katze lag im Schatten und putzte sich. In meinem Bauch fing es wohlig an zu kribbeln, weil der Tag so schön begann.

Zum Baggersee war es nicht weit. Ich kannte den Weg. Philipp fuhr aber eine ganz andere Strecke. Erst habe ich mich gewundert, bis mir wieder einfiel, dass er in seiner Tüte die beiden Flaschen hatte, die er verkaufen wollte. Ich freute mich schon auf das Eis.

Philipp kurvte vor mir her, von einer Straße in die nächste. Bald wusste ich nicht mehr, wo wir waren.

»He, Philipp, warte mal. Wohin fahren wir eigentlich?«

»Siehst du gleich«, rief er mir über die Schulter zu und bog schon wieder ab.

Auf einmal erinnerte ich mich. Dieses hohe, gelbe Eckhaus und dahinter die Tankstelle, das kannte ich. Hier in der Gegend hatten wir früher gewohnt. Im ersten Augenblick dachte ich, Philipp wollte vielleicht noch rasch die Oma besuchen und den Wotan ausführen. Aber er wollte nur die Flaschen loswerden. Er fuhr weiter, noch fünf oder sechs Häuser, dann bremste er und stieg ab.

»Du wartest hier und passt auf die Räder auf«, sagte er. »Ich bin gleich wieder da.«

Er nahm die Tüte von seinem Gepäckträger und ging seitlich am Haus vorbei in den Garten. Dort wucherten Büsche. Der Garten sah wild und struppig aus, genau richtig zum Versteckspielen. Auf der Straße war es ziemlich öde und heiß. Ich hatte gar keine Lust, hier zu warten.

Das Haus war grau und hatte drei Reihen Fenster übereinander. An der Haustür waren sechs Klingeln. Der Vorgarten war mit rötlichen Steinen gepflastert und diente als Parkplatz. Die Autos standen dicht gedrängt. Nirgendwo gab es Schatten. Philipp kam ewig nicht wieder. Ich wurde allmählich unruhig. Mit Spucke rieb ich die Klingel am Lenker blank. Ich bekam Durst und ärgerte mich, dass wir keinen Saft mitgenommen hatten. Immer wieder guckte ich zu der Stelle, wo Philipp zwischen den Büschen verschwunden war. Wie lange dauerte das denn noch?

Irgendwann hielt ich es nicht mehr aus. Ich beschloss, Philipp nachzugehen. Seitlich am Haus führte ein Gang nach hinten. Der Garten war nicht groß, aber von Philipp keine Spur.

Das Haus hatte eine Kellertreppe und daneben zwei Fenster, die von innen mit braunen Tüchern verhängt waren. Eines der Fenster war gekippt. Ich hörte Gemurmel, Radiomusik und Geklapper, aber nicht Philipps Stimme.

Auf einmal verließ mich der Mut. Mein Bauch sagte mir, dass es nicht gut war, in fremde Keller einzudringen und in fremden Gärten herumzulungern. Wenn Philipp doch endlich käme!

Vielleicht sollte ich kräftig ans Fenster klopfen und dann zu den Fahrrädern zurücklaufen. Nur so als Erinnerung für Philipp – falls er da drin war. Aber wenn er nun nicht da war?

Ich schlich mich näher an das gekippte Fenster heran, duckte mich und versuchte, etwas aufzuschnappen von dem, was dort vor sich ging. Plötzlich wurde die Kellertür aufgestoßen. Ein Typ kam heraus, ziemlich groß und breit. Er trug kein Hemd, und ich sah, dass seine Arme voller Tätowierungen waren. Er ging ein paar Schritte vom Haus weg und pinkelte ins Gras.

Ich drückte mich fest an die Hauswand. Ein niedriger Busch, der die Blätter hängen ließ, war mein einziger Schutz. Mein Herz klopfte laut. Dennoch kriegte ich jetzt einiges mit, was im Keller gesprochen wurde.

»He, von Scherereien habe ich die Nase voll.« Jemand hustete kräftig. »Wenn du solche Scheiße baust, brauchst du dich hier nicht mehr blicken zu lassen. Kapito?« Gemurmel, die Bässe aus dem Radio hämmerten, es war nichts zu verstehen. Aber dann wieder ganz laut: »Verdammt, du nervst! Verpiss dich und halt die Klappe. Kapito?«

Der Typ im Garten hatte mir bisher den Rücken zugedreht. Jetzt war er fertig und kam zurück. Wenn er nur ein bisschen den Kopf in meine Richtung drehte, musste er mich sehen. Ich machte mich so klein, wie es überhaupt nur ging, und drückte mich gegen den welken Busch. Die Erde unter meinen Knien war hart von der Trockenheit. Im Keller hinter mir wurde geflucht. Der Tätowierte stierte vor seine Füße und auf die Kellertreppe. Er musste die Augen total auf Tunnelblick gestellt haben. Er sah mich nicht.

Als er verschwunden war, kam ich geräuschlos aus der Hocke hoch und flitzte, so schnell ich konnte, zur Straße zurück. Ich hatte genug davon, allein hier herumzustehen. Aber ich war allein. Sonntagmorgen, kein Mensch war unterwegs und die Sonne brannte. Schritte näherten sich aus dem Garten, hastig und bedrohlich. Doch es war endlich Philipp.

Er steckte mir zehn Mark zu. »Der Macker war heute nicht gut drauf. Den Rest kriegst du in den nächsten Tagen«, sagte er, ohne mich anzugucken. Dann schwang er sich auf sein Fahrrad und düste los wie ein Wilder.

Am Baggersee waren nur wenige Leute. Wir fanden eine geschützte Stelle, wo wir allein waren. Der Pinkel ging mir nicht aus dem Sinn und der andere, der so herumgemotzt hatte, auch nicht. Der Pinkel war viel älter als mein Bruder, und der Motzer klang auch nicht wie dreizehn oder so. Woher kannte Philipp die beiden? Manchmal war mir mein Bruder fremd, sogar unheimlich. Ich versuchte, ihn vorsichtig auszufragen. Aber Philipp wurde sofort pampig.

»Fang bloß nicht an wie die Mama! Mit wem triffst du dich? Wie heißen deine Freunde? Wo gehst du hin? Das geht euch einen Scheißdreck an. Kapito?«

Kapito – das hatte der andere auch gesagt. Ohne dass Philipp es ahnen konnte, hatte er mir etwas verraten.

Jetzt hockte er am Wasser auf seinem Handtuch und bibberte. Der Baggersee war kalt, obwohl seit Tagen die Sonne brannte. Philipp pulte an seinen Zehen und rubbelte Kies von den Füßen. Seine nassen Haare klebten ihm am Kopf. Er sah ein wenig brummig aus, wie immer, wenn er zufrieden war. Das war der Philipp, den ich kannte. Aber es gab auch noch einen anderen.

Ich drehte mich auf den Bauch. Vom gegenüberliegenden Ufer klang Gelächter herüber. Das ärgerte mich. Ich hatte so viele Fragen, die ich nicht loswurde. Ich wusste nicht mehr, was ich von meinem Bruder halten sollte, und ich wollte dieses fremde Lachen nicht hören.

Nach einiger Zeit stand Philipp auf und hockte sich mit auf mein Handtuch. Leise und abgehackt fing er dann doch an zu reden. »Ich geh da nicht mehr hin, zu denen. Ist ja egal, wen ich meine. Ich wollte, dass du mitkommst und vor dem Haus wartest, weil – na ja, ich wollte schnell wieder weg. Die nutzen dich nur aus, wenn du auf Alk bist. Ich darf gar nicht daran denken. Nie wieder knalle ich mich so weg. Das habe ich mir geschworen.«

Philipp legte sich auf den Rücken. Es plumpste richtig. Als ob ihm ein Stein von der Seele gefallen wäre. Er seufzte wohlig und rekelte sich wie ein junger Hund.

»Warum bist du denn überhaupt noch mal dahin?«, fragte ich so gleichgültig wie möglich. Ich wollte, dass er weiterredete.

»Das weißt du doch! Wegen dem Geld. Ich habe überall Schulden. Aber ich habe nicht viel für die beiden Flaschen gekriegt. Der hat mich total beschissen. Egal, für mich ist das aus und vorbei. Nie wieder!«

Noch immer lachte jemand auf der anderen Seite des Sees. Wie fröhlich die da drüben waren! Es störte mich jetzt nicht mehr. So mit meinem Bruder auf der warmen Erde zu liegen, war saugut. Fast wie früher, als wir noch Indianer gespielt haben. Philipp war nicht mehr schwach und komisch. »Nie wieder«, brummte er vor sich hin.

Ich glaubte es ihm.

Er erzählte noch ein bisschen, mit großen Pausen dazwischen. Es blubberte einfach so aus ihm heraus. Von der Scheißschule und dem Mathelehrer, mit dem er nicht klarkam. Von einer Clique in seiner Klasse, die es ständig auf ihn abgesehen hatte. Um das alles zu ertragen, hatte er sich angewöhnt, vor der Schule einen Schluck aus

Papas Hausbar zu nehmen. Nur einen und dann schnell noch mal die Zähne geputzt. Er gestand mir auch, dass er sich in letzter Zeit öfters weggeknallt hatte.

»Wirklich, wenn du genug gesoffen hast, dann ist das wie ein Knall im Kopf. Du kriegst nichts mehr mit. Wenn ich nachts weg war und Papa mich danach als Herumtreiber beschimpft hat, dann war ich meistens noch gar nicht wieder nüchtern. Das hat mir keiner angemerkt. So schlimm wie vor zwei Tagen war ich aber nie drauf.«

»Wie hat das denn angefangen?«, wollte ich wissen.

»Wie? Ich bin da so reingerutscht, durch einen bei uns in der Schule. Er war schon in der zehnten Klasse. Wir haben uns auf dem Schulklo kennen gelernt, als wir beide gerade eine Stunde schwänzten. Der hatte einen ganzen Sack voller Probleme, sag ich dir. Der Vater war abgehauen, die Mutter wollte sich das Leben nehmen – der blanke Horror. Die Mutter kam dann in die Klapsmühle und er hatte die Wohnung für sich allein. Ich war oft bei ihm. Ein super Kumpel, sag ich dir. Zu Anfang haben wir uns nur Bier besorgt und später dann auch harte Sachen. Irgendwer hat das Zeug mitgebracht und dann, ratz-fatz, bist du weggeknallt. Das geht unheimlich schnell. Aber behalte das bloß für dich! Mit Mama habe ich schon genug Ärger und für Papa bin ich sowieso ein Versager. Die Lehrer haben auch keine bessere Meinung von mir. Und dann die Schulden, ich darf gar nicht daran denken.«

Philipp stöhnte und wälzte sich auf dem Handtuch. Dann sprang er auf, als hätte ihn eine Bremse gestochen. »Ich muss mich abkühlen«, schrie er und sprang in den See.

Anschließend bibberte er wieder so. Da kriegte ich auf einmal meine großzügigen fünf Minuten. Ich wollte ihm Mut machen. »Du, das mit dem Geld ist nicht so wichtig«, sagte ich. »Wenn du überall Schulden hast, brauchst du mir den Rest erst später wiederzugeben. Aber du musst mir schwören, dass du dich nie wieder wegknallst.«

Philipp hob die Hand zum Schwur. »Großes Indianerehrenwort. Nie wieder!«, sagte er.

Als wir vom Baden zurückkamen, räumte Papa den Garten auf. Er sammelte leere Flaschen ein und brachte die vollen in den Keller. Dass zwei fehlten, merkte er gar nicht. Jedenfalls erwähnte er es mit keinem Wort. Er redete überhaupt wenig.

Mama stand in der Küche und löste eine Schmerztablette in Wasser auf.

»Ziemlich angeschlagen«, stellte Philipp mit Kennerblick fest. »Zu viel gesoffen.« Er sagte das ganz cool und grinste. Die Schadenfreude war ihm anzusehen.

Überall standen noch leckere Häppchen und Salate herum. Bunte Partyreste. Ich durfte davon so viel essen, wie ich wollte. Ich durfte mit den Fingern essen. Ich musste mich nicht ordentlich an den Tisch setzen. Ich musste überhaupt nichts. Nicht einmal helfen.

Philipp schmatzte aufdringlich und leckte sich die Finger ab. Mama reagierte darauf mit einem leidenden Blick, sagte aber nichts. Es war richtig gemütlich bei uns.

Am frühen Nachmittag versuchte ich, Philipp zu überreden, mit mir zur Oma zu fahren. Ich wollte ihm helfen, Geld zu verdienen. Aber er wollte nicht. Seine Laune verschlechterte sich deutlich. Nichts war mehr zu merken von der guten Stimmung heute Morgen am See. Ich begriff nicht, was plötzlich mit ihm los war.

»Komm, nun sei doch nicht so faul«, versuchte ich es noch einmal. »Du kannst dir ruhig ein bisschen Mühe geben, deine Schulden loszuwerden. Wir bringen der Oma eine Tüte voll Partygebäck mit. Bestimmt freut sie sich darüber.«

Da rastete er aus. Mit hochrotem Kopf fuhr er mich an: »Kümmere dich gefälligst um deinen Kram! Es geht mir mies. Weißt du, was ein Flattermann ist? Nee? Brauchst du auch nicht zu wissen. Einfach mit dem Alk aufhören, das ist nicht so, als ob du die Babyflasche absetzt. Hau ab, du nervst!«

Er rempelte mich an. Es fehlte nicht viel und wir hätten uns geprügelt. »Was glotzt du so?«, schrie er, stampfte in sein Zimmer und knallte mir die Tür vor der Nase zu.

Ich stieß mit dem Fuß gegen die Tür und brüllte ihm ein paar Schimpfworte nach. Ich lasse mir doch nicht alles gefallen. Das soll sich der Philipp mal merken. Aber den ließ das kalt. Es regte nur Mama auf. Beleidigt ging ich zu Papa. Er saß inzwischen vor seinem Computer und tippte lange Zahlenreihen ein. »Nie hat einer von euch Zeit, nicht mal am Sonntag«, schrie ich so laut, dass man es im ganzen Haus hören konnte. »Solche Eltern sind doof! Da freut man sich beinahe schon wieder auf die Schule.«

Heute Morgen war Mama nur angeschlagen gewesen. Da konnte man zwar nichts mit ihr anfangen, aber sie hatte wenigstens nichts zu meckern. Jetzt war sie gereizt und wurde wild. »Mach nicht so einen Krach, du Nervensäge! Du bist nicht allein auf der Welt.«

»Bin ich doch!«, schrie ich. »Mir ist langweilig. Keiner kümmert sich um mich.«

Mama hatte Kopfschmerzen und wollte ihre Ruhe haben. Papa hatte Mühe mit seiner Zahlenreihe und schimpfte, weil er sich nicht konzentrieren konnte. Ich lief in mein Zimmer und heulte. Mama lief zu Philipp, der seinen Kassettenrekorder dröhnen ließ. Sie schaltete ihn einfach ab und wollte wissen, ob Philipp die englischen Vokabeln gelernt hätte.

Philipp hatte nicht gelernt.

Da brach das Gewitter los. Blitz und Donner tobten zwischen Mama, Papa und mir, aber bei Philipp schlug es ein. Die nicht gelernten Vokabeln, die schlechten Schulnoten, Alkohol, Herumhängen, die Kotzerei vor Schleeders Garten, alles knallte ihm Mama jetzt noch einmal um die Ohren. Und Papa schlug zu.

Es war schrecklich. Philipp hatte mir sein großes Ehrenwort gegeben, nicht mehr zu saufen. Aber Mama und Papa wussten nichts von dem Schwur. Ich konnte nicht länger in meinem Zimmer bleiben und mir die Ohren zuhalten. »Aufhören! Aufhören!«, schrie ich. Immer wieder. So lange, bis es nebenan still wurde.

Mama ging in ihr Zimmer und machte die Tür hinter sich zu. Papa verschwand wieder vor seinem Computer und machte auch die Tür zu. Philipp lag auf seinem Bett und hatte den Kopf im Kissen vergraben. Ich wagte nicht, ihn anzusprechen.

Niemand war da, mit dem ich reden konnte. Nur Quietschi. Aber Meerschweinchen verstehen so etwas nicht.

Der Montag fing an wie jeder Schultag. Der Wecker klingelte. Ich hörte Mama und Papa im Badezimmer reden.

Wenn sie dort fertig waren, kam Mama zu mir, um Guten Morgen zu sagen. Dann sprang ich aus dem Bett, um vor Philipp im Bad zu sein. Ich bin immer schneller, denn Philipp muss morgens angetrieben werden.

Mama kam. »Nele, Guten Morgen! Zieh deinen karierten Rock an. Heute wird es sehr warm.«

Dann war sie schon wieder draußen, um Philipp aufzuscheuchen. Aber von dem Augenblick an war alles anders als sonst.

Philipp hatte von innen abgeschlossen. Das tat er sonst nie. Mama klopfte, rief Guten Morgen und rüttelte an der Türklinke.

Philipp rührte sich nicht.

»Ach, nun komm schon, Phil. Was soll der Unsinn? Sag wenigstens, dass du wach bist.«

Philipp sagte nichts.

Mama wollte sich nicht gleich wieder aufregen. Sie ließ von der Tür ab und ging in die Küche, um Frühstück zu machen.

Als ich im Bad fertig war, klopfte und rüttelte ich an Philipps Zimmertür. »He, bist du stumm?«, fragte ich.

Keine Antwort.

Da kam auch schon Papa und sprach ein Machtwort. »Jetzt hat der Spaß ein Ende. Philipp, du kommst sofort raus!«

Philipp kam aber nicht raus.

Ich legte ein Ohr an die Türritze. Es war nichts zu hören.

Ich versuchte durch das Schlüsselloch zu gucken, aber der Schlüssel steckte ja von innen. Es war zwecklos.

Inzwischen war auch Mama wieder da. Wir standen zu dritt vor Philipps Zimmer. Papa wurde ärgerlich, und Mama machte ein Gesicht, als ob ihr nichts mehr einfiele.

Papa drohte Philipp Fürchterliches an, falls er nicht augenblicklich, auf der Stelle, die Tür aufschloss. Wir warteten, horchten, aber nichts geschah.

Da schob Papa mich und Mama zur Seite und trat mit voller Wucht gegen die Tür. Es knirschte, krachte und splitterte. Papa trat noch einmal, dann flog die Tür auf.

Philipp war nicht in seinem Zimmer. Das Fenster stand weit offen. Er war abgehauen.

Mama und Papa fingen sofort an zu streiten. Vorwürfe flogen hin und her. Mama weinte. Auf einmal war gar nicht mehr die Rede von Philipp, sondern von Eifersucht und Verantwortungslosigkeit, von Frust und Hass und Trennung. Lauter schlimme Wörter.

Ich hielt es nicht mehr aus, packte meinen Ranzen, gab Quietschi ein Schälchen voll Körner und machte mich auf den Schulweg.

Es war viel zu früh. Ich hatte nicht gefrühstückt, ich hatte mich nicht verabschiedet, war einfach weggegangen. Mama und Papa merkten nicht, wie ich aus der

Haustür ging. Sie riefen mich nicht zurück, um mich in die Arme zu nehmen. In ihrer Aufregung hatten sie vergessen, dass es mich auch noch gab.

Vor Sonjas Haustür setzte ich mich auf die Eingangsstufe und wartete, bis sie rauskam. Sie merkte sofort, dass etwas nicht stimmte.

»Mensch, Nele, wie siehst du denn aus?« Sie ging neben mir in die Hocke. »Was ist mit dir?«

»Der Philipp ist weg«, sagte ich nur.

»Abgehauen von zu Hause?«, wollte Sonja wissen.

Da erzählte ich ihr alles, von dem Schwur am Baggersee, von dem Streit, weil Philipp die Vokabeln nicht gelernt hatte, und was heute Morgen schon bei uns los war.

Sonja hörte still zu. Dann stand sie auf und sagte: »Komm erst mal hier weg. Meine Mutter fährt gleich zur Arbeit. Wenn sie uns entdeckt, will sie wissen, warum wir noch nicht auf dem Schulweg sind. Aber lass mich nachdenken. Mir fällt schon was ein.«

Sie zog mich hoch. Wir liefen ein Stück, denn wir waren spät dran.

Als die Schule schon in Sicht war, blieb Sonja plötzlich stehen. »Wir müssen deinen Bruder suchen«, sagte sie.

»Suchen? Die Schule fängt gleich an. Beeil dich, wir kommen bestimmt zu spät.«

»Was bedeutet dir mehr, Schule oder Philipp?«, fragte Sonja ganz cool.

»Natürlich mein Bruder! Was denkst du denn? Du meinst, wir sollten ihn suchen? Jetzt sofort?«

»Genau. Es gibt Sachen, die sind wichtiger als Lesen und Rechnen. Außerdem kannst du bestimmt nicht aufpassen, weil du immer an Philipp denken musst. Vielleicht ist er wieder blau und liegt irgendwo.«

»Sonja, nein! Er hat geschworen, dass er nie wieder …«

»Na, wenn schon«, unterbrach mich Sonja. »Jungs sind mir zwar ziemlich schnuppe, aber Philipp ist schließlich dein Bruder. Ich tu es für dich. Kinder müssen zusammenhalten und sich untereinander helfen. Auf Eltern kann man sich nicht immer verlassen. Findest du nicht?«

Doch, das fand ich auch. Sonja hatte Recht, wir mussten Philipp suchen. Vielleicht war er die ganze Nacht herumgeirrt, vielleicht hatte er sich irgendwo unter Büschen verkrochen. Flüchtig dachte ich auch an das graue Haus. Aber Philipp hatte »nie wieder« gesagt. Nein, da war er schon eher in der kleinen Bucht, wo wir gestern gebadet hatten. Dort konnte man sich gut verstecken und ein Lager aus Zweigen bauen. Ich musste Philipp finden und ihn überreden, mit nach Hause zu kommen. Zu Lana. Ihr konnten wir alles erzählen. Lana sollte dann Papa in seinem Labor anrufen und ihn bitten, nicht mehr böse zu sein. Lana war stark und lieb. Ja, das war die Lösung.

Wir rannten ein Stück, um schnell von der Schule wegzukommen. Mein Herz klopfte heftig, nicht nur vom Laufen. Ich hatte noch nie geschwänzt, aber jetzt hätte ich noch ganz andere Sachen fertig gebracht, um Philipp zu retten, um Mama und Papa zu versöhnen. Die Bedrohung, die ich manchmal fühlte, war noch nie so stark gewesen.

»Du, Nele, was sollen wir sagen, wenn wir Philipp nicht finden?«

»Wem sagen?«, fragte ich.

»Na ja, unserer Klassenlehrerin. Frau Borger verlangt eine Entschuldigung von den Eltern, wenn man fehlt, und die wissen doch gar nicht, was wir vorhaben.«

»Wir müssen ihn finden«, sagte ich fest und entschlossen. »Ich habe auch schon eine Idee, wo wir mit der Suche beginnen. Am Baggersee. Wohin kann einer sonst gehen, wenn er kein Geld hat?«

Der Meinung war Sonja auch. Wir gingen jetzt, ohne zu trödeln und ohne stehen zu bleiben, erst durch die Siedlung, dann einen Waldweg entlang bis zum See. Mein Bauch begann verdächtig zu grummeln, aber an Frühstück wollte ich gar nicht erst denken. Außerdem rutschten meine Socken in die Schuhe, verknubbelten sich und drückten. Schließlich zog ich die Strümpfe aus. Das war noch schlimmer. Ich lief mir gleich eine Blase.

Sonja kämpfte mit den Mücken. Sie schlug dauernd um

sich. Vielleicht hätten wir umdrehen sollen, aber wir hatten uns nun mal in den Kopf gesetzt, Philipp zu finden. He, komm uns entgegen, Philipp, komm schon, dachte ich. Aber es kam nur ein älterer Mann mit seinem Hund und dann ein Angler, der ganz wild aussah, mit strubbeligen Haaren und hohen, schmutzigen Stiefeln.

Philipp kam uns nicht entgegen. Philipp war auch nicht in der Bucht, in der wir gestern gebadet hatten. Nirgends eine Spur von ihm. Ich rief seinen Namen, aber meine Stimme klang eher kläglich. Jetzt, am frühen Montagmorgen, war es still um den Baggersee herum. Im Gebüsch am Ufer bewegten sich Schatten. Manchmal knackte und raschelte es. Sonja sagte gar nichts mehr. Sie wollte sich nicht anmerken lassen, dass sie nun auch nicht mehr weiterwusste.

Enttäuscht machten wir uns auf den Rückweg. Zwei Mädchen mit Schulranzen im Wald. Erst jetzt wurde mir klar, wie verdächtig das aussehen musste. Wenn uns bloß niemand entgegenkam und fragte, was wir hier zu suchen hätten! Es war auch so schon schrecklich genug. Wir hatten Philipp nicht gefunden. Nun wird es wieder Ärger geben, dachte ich. Noch mehr Ärger.

»Was sollen wir bloß machen, Sonni?«

Sonja wischte sich die Haare aus dem Gesicht und guckte mich trotzig an. »Ich gehe in die Schule und erzähle Frau Borger, dass dein blöder Bruder abgehauen ist und wir ihn gesucht haben. Es ist immer dasselbe, mit Jungen hat man nur Ärger.« Dann sah sie mich von der Seite an. »Sei nicht sauer, Nele. Ich kann doch nichts dafür.« Sie ging entschlossen los.

Ich hockte mich auf den Boden. Vor mir krabbelten Ameisen. Ein blanker, schwarzer Käfer hatte es ganz eilig, um meinen Fuß rumzukommen. Eine Drossel machte den Hals lang und kam verdächtig nahe heran. Ich glaube, sie wollte ihn fressen. Aber weil ich da war, traute sie sich nicht. Am liebsten wäre ich hier sitzen geblieben bis in alle Ewigkeit. Aber dann dachte ich an Lana. Ich weiß nicht, was ich gemacht hätte, wenn es Lana nicht gäbe. Vielleicht hätte ich mich nie mehr nach Hause getraut. Der Tag hatte so schrecklich angefangen und war dann noch schrecklicher geworden. Ich konnte mir überhaupt nicht vorstellen, wie ich ihn zu Ende bringen sollte.

Lana! Ich nahm meine Schuhe in die Hand und lief barfuß, egal ob es piekte, kratzte und scheuerte auf den harten Bürgersteigplatten. Ich achtete auf gar nichts um mich herum. Und dann klingelte ich Sturm.

Ich ließ mich einfach fallen, direkt in Lanas Arme, und heulte los. Und redete und schluchzte. Die Rotze lief mir aus der Nase und die Tränen hinterließen dunkle Flecken auf Lanas Bluse.

»Ja, seid ihr denn alle verdreht im Kopf?«, sagte Lana. »Nele, was soll das Geschrei?«

»Der Philipp ist weg.«

»Nein, ist er nicht«, sagte Lana.

»Ist er doch!«

»Der Philipp liegt im Bett und schläft wie dickes, fettes Murmeltier. Du heulst wie ein Wolf und die Mama ruft in jeder Pause an. Ist euch der Sonntag nicht bekommen?«

»Wann ist der Philipp denn aufgetaucht? War er wieder so weggeknallt? Sag schon, Lana.«

»Philipp war müde, sonst nichts. Ihr macht alles nur noch schlimmer, die Mama, der Papa und du. Philipp ist ein großer Junge. Was regst du dich so auf, Nele?«

»Du weißt nicht, dass der Philipp Schnaps trinkt. Und wie! Richtig vergiftet war er schon und hat gestunken. Heute Morgen dachte ich, dass ihm was passiert ist. Sonja und ich wollten ihn suchen. Lana, ich habe solche Angst!«

»Ach, Nele, was ist Angst?«, fragte Lana. »Nur ein böser Spuk in deinem Kopf. Und jetzt wischen wir ihn einfach weg.«

Lana nahm mich bei der Hand und ging mit mir ins Badezimmer. Sie wusch mir das Gesicht und duschte meine Füße. Dann klebte sie Pflaster auf die Blasen und holte frische Socken aus dem Schrank. »Immer noch Angst?«, fragte sie.

Ich schüttelte den Kopf. »Nur Hunger«, stöhnte ich.

»Dagegen kenne ich ein gutes Mittel.«

Lana kochte mir Pfefferminztee. Sie toastete Brot und briet mir sogar ein Spiegelei, mit viel Tomatenketschup obendrauf. So, wie ich es gern mag.

»Ist nun alles wieder gut, Nele, meine Süße?«, fragte sie, als ich satt war.

»Nichts ist gut«, sagte ich. »Ich habe die Schule geschwänzt. Die Mama darf das nicht merken. Sie regt sich immer auf. Bitte schreib mir eine Entschuldigung, Lana!«

Sie lachte. »Nein, das bringst du selber in Ordnung.«

»Aber wenn meine Klassenlehrerin nun schimpft, was dann?«

»Dann lass sie schimpfen. Sie hört auch wieder auf.« Lana konnte nichts aus der Ruhe bringen.

Also klemmte ich meine wunden Füße wieder in die Schuhe und trabte los. Es war ein blödes Gefühl, so allein durch die langen, leeren Gänge der Schule zu laufen. Vor der Klassenzimmertür zögerte ich. Dann holte ich tief Luft und drückte die Klinke herunter. Alle guckten mich an.

Frau Borger wartete, bis ich auf meinem Platz saß. »Nun, Nele, ist dein Bruder wieder zu Hause?«, fragte sie.

Ich nickte und sah zu Sonja hin. Sie hatte also erzählt, was bei uns zu Hause los war. Die ganze Klasse wusste Bescheid.

Frau Borger schimpfte nicht, aber sie sagte eine ganze Menge dazu, warum man nicht einfach fehlen darf. Ich hörte nicht hin. Philipp lag im Bett. Er hatte die Schule geschwänzt. Ich dachte an den Streit von heute Morgen, an die zersplitterte Tür, und ich hatte Angst.

An diesem Tag hatte sich Mama die letzten beiden Stunden freigenommen. Als ich nach Hause kam, war die unvermeidliche Auseinandersetzung mit Philipp schon gelaufen. Ich war sehr froh darüber.

Philipp saß an seinem Schreibtisch. Er hatte den Kopf tief in ein Buch gesteckt. Die zerbrochene Tür war angelehnt. Ich schaute ganz vorsichtig zu ihm hin, sagte aber nichts. Die Stimmung war so gereizt, dass ich mich nur leise bewegte.

Beim Mittagessen füllte Mama wortlos die Teller voll. Ich wagte nicht, mich zu beschweren, obwohl es viel zu viel war. Und dann auch noch dieses grässliche Möhrengemüse, das ich überhaupt nicht mochte. Hilfe suchend stupste ich Philipp unter dem Tisch an. Er sah nicht auf, stupste nicht zurück, kein Wort, keine Reaktion. Es war schrecklich. Ich kaute, schluckte und schwieg. Philipp schmeckte es bestimmt auch nicht. Aber irgendwann war sein Teller leer und meiner war immer noch voll. Ich kriegte einfach nichts runter. Endlich nahm ihn Mama mir weg und ging damit in die Küche.

Philipp setzte sich gleich wieder an seinen Schreibtisch. Mama verschwand kurz darauf im Wohnzimmer zu ihrer Entspannung. Der Schlüssel knirschte im Schloss.

Mir war die Brust so eng, dass selbst mein Atemspray nicht richtig wirkte.

Nach der Entspannung hörte Mama dem Philipp Vokabeln ab. Einmal klingelte das Telefon. Mama ging dran und sagte mit ihrer Lehrerinnenstimme: »Nein, Philipp ist nicht zu sprechen. Auch nicht heute Abend.« Dann legte sie auf.

Als es kurz darauf an der Tür klingelte, hechtete ich los, um vor Mama dort zu sein. Es war Sonja.

»Komm rein«, rief ich erleichtert. »Oder wollen wir draußen spielen?«

»Weder noch«, sagte Mama hinter mir. »Heute kannst du nicht mit Nele spielen, Sonja. Es passt uns jetzt nicht.«

»Wir können auch zu mir gehen«, schlug Sonja vor.

Aber damit war Mama auch nicht einverstanden.

»Warum denn nicht?«, fragte ich verwundert. »Ich komme ganz pünktlich zum Abendessen. Rechtzeitig, um den Tisch zu decken.«

Mama ging darauf gar nicht ein. »Auf Wiedersehen«, sagte sie freundlich, aber bestimmt zu Sonja. Dann fiel die Tür ins Schloss.

Da konnte ich nicht mehr an mich halten. »Warum darf ich denn nicht mit Sonni spielen? Habe ich Hausarrest oder was? Erst redest du kein Wort mit mir und jetzt sperrst du mich ein. Ich will aber zu Sonja!«

»Nele, beruhige dich«, sagte Mama, ohne sich von meinem Geschrei beeindrucken zu lassen. »Du hast keinen Hausarrest, aber trotzdem bleibst du heute hier.«

»Warum denn?«, schrie ich.

»Weil wir erst wieder Frieden und Ordnung in unserer Familie haben müssen. Philipp war heute Nacht nicht zu Hause. Du bist ohne Frühstück losgerannt. So kann das doch nicht weitergehen.«

»Weil ihr euch gestritten habt, Papa und du. Deshalb bin ich so früh weg. Ich wollte das nicht hören.«

»Ich weiß, Nele«, sagte Mama. »In letzter Zeit war ich sehr überanstrengt, und Papa weiß auch vor Arbeit nicht, wo ihm der Kopf steht. Wir hatten beide zu wenig Zeit für euch. Aber ich verspreche dir, das wird jetzt anders.«

»Bist du nicht böse auf mich?«, fragte ich, weil ich nun gar nichts mehr verstand.

Mama schüttelte den Kopf.

»Aber warum darf ich dann nicht mit Sonja spielen?«

»Komm, wir setzen uns ins Wohnzimmer und dort erkläre ich dir das«, sagte Mama.

Na, darauf war ich gespannt!

»Sonja ist oft ohne Aufsicht, seit ihr Vater ausgezogen

ist und ihre Mutter den ganzen Tag arbeitet«, begann Mama. »Frau Neumann ist mit ihren eigenen Problemen beschäftigt und Sonja ist zu oft allein. Das ist nicht gut. Verstehst du, was ich meine?«

Nein, das verstand ich überhaupt nicht. »Was kann Sonja denn dafür, dass sich ihre Eltern nicht mehr lieb haben?«

»Ich mache ihr doch keinen Vorwurf, Nele«, sagte Mama beschwichtigend. »Neumanns haben ihre Probleme und wir unsere. Ich will das nicht vermischt sehen. Du triffst Sonja jeden Tag in der Schule. Sie darf auch manchmal zu uns kommen. Dagegen habe ich nichts. Aber ich möchte, dass wir in Zukunft mehr zusammen unternehmen, Philipp, du und ich. Vielleicht auch Papa, wenn er am Wochenende oder abends Zeit hat. Unsere Familie muss wieder mehr Halt bekommen. Wir sind doch nicht nur eine Ess- und Schlafgemeinschaft. Du rennst, so oft du kannst, zu Sonja, und ich weiß nicht, was ihr beide macht, wenn ihr allein in Neumanns Wohnung seid. Philipp ist in eine üble Lage geraten. Es hat lange gedauert, bis ich dahinter gekommen bin. Und Papa … Es muss anders werden bei uns. Wir müssen wieder lernen, miteinander glücklich zu sein.«

Mama sagte das ganz ruhig und legte den Arm um mich. Es klang eigentlich ganz gut, aber ich begriff immer noch nicht, warum ich nicht mit Sonja spielen durfte.

»Darfst du ja«, versicherte Mama. »Aber nicht so oft und nicht ohne Aufsicht. Ich will nicht, dass du auch in eine üble Lage hineinrutschst, so wie Philipp.«

»Ich trinke nie Schnaps«, protestierte ich heftig. »Und Sonja auch nicht.«

Mama nickte. »Das glaube ich dir. Es gibt aber noch andere Gefahren.«

»Bei Sonja?«

»Nein, bei uns.« Mama stand auf. »Wir schaffen das schon. Du wirst es sehen. Mach dir keine Sorgen. Aber jetzt muss ich noch etwas erledigen.«

Sie klapperte auf ihren Haussandalen davon. Und ich stand da und begriff immer noch nichts.

Seit dem Krach nach Philipps Verschwinden hatte Mama ein Lieblingswort. Es hieß Neuanfang. Jeden Tag hatten wir einen neuen Neuanfang.

Als Erstes mussten Papa und Philipp gemeinsam die zerbrochene Tür reparieren und streichen. Papa hätte zwar lieber einen Handwerker damit beauftragt, aber Mama bestand darauf, dass man Schäden, für die man gemeinsam verantwortlich war, auch gemeinsam wieder behob. »Das ist ein guter Neuanfang«, sagte sie.

Ein paar Tage, nachdem die Tür repariert war, lud

Mama Roswitha mit ihren beiden Kindern, Peter und Kathrin, zu einem Besuch ein. Mama kennt Roswitha aus ihrer Frauengruppe. Beide Mütter wollten, dass wir Kinder ganz schnell Freunde wurden und uns dann öfters trafen. Auch das gehörte zu Mamas Neuanfang.

»Total beknackt«, urteilte Peter gleich zu Anfang. Wir saßen zu viert in Philipps Zimmer auf dem Teppichboden und überlegten, wie wir unseren Müttern entkommen konnten.

»Ich müsste dringend was erledigen«, meinte Philipp.

»Ich auch«, sagte Peter. »Kann mir einer von euch sein Bike leihen?«

»Kein Problem. Du kannst meins nehmen«, bot Philipp ohne zu zögern an. »Ich will nur zu einem Kumpel, der drei Straßen weiter wohnt. Und was machst du, Nele?«

»Am liebsten zu Sonja gehen«, sagte ich sofort. »Aber die Mama rastet aus. Du weißt doch, wie sie drauf ist.«

»Klappe halten«, sagte Peter ganz cool »Auf Kathrin und mich ist Verlass.« Dann musterte er mich mit einem abschätzenden Blick.

»Nele ist einsame Spitze in so was«, stellte Philipp sofort klar. »Aber was macht deine Schwester, wenn wir alle abhauen?«

»Ich bleibe jedenfalls nicht alleine hier sitzen, nur weil unsere Mütter nicht wissen, wie sie uns erziehen sollen, und glauben, sie müssten die Freunde für uns aussuchen. Von mir aus können die ihre Krisengespräche führen, wo sie wollen. Ein zweites Mal lasse ich mich nicht mitschleifen.«

»Mach einen Vorschlag«, sagte ihr Bruder.

Aber Kathrin fiel nichts ein. Sie verzog das Gesicht und maulte: »Kann man hier wenigstens einen flotten Video gucken?«

»Du kannst mit zu Sonja kommen«, schlug ich vor. »Ihre Mutter hat Videos in einem Versteck. Aber Sonja weiß, wo sie liegen.«

»Klingt gut«, willigte Kathrin ein. »Vielleicht ist einer dabei, den ich noch nicht kenne, mit ganz viel Grusel und Horror. Dann wäre der Nachmittag gerettet.«

Wir stiefelten also ins Wohnzimmer und erklärten unseren kaffeetrinkenden Müttern, dass wir ein bisschen draußen spielen wollten. Beide Mütter fanden, das sei eine großartige Idee. Man sah richtig, dass wir ihnen eine Freude machten.

Zehn Meter vom Haus entfernt trennten wir uns, nachdem wir eine Zeit ausgemacht hatten, um die wir uns genau an dieser Stelle wieder treffen wollten.

»Pünktlichkeit muss in diesem Fall sein«, ordnete Peter an. »Kann man sich auf euch verlassen?«

»Aber immer«, versicherte Philipp für mich mit.

Kathrin saß dann bis zu der verabredeten Zeit vor

Neumanns Videogerät und kaute zufrieden an ihren Fingernägeln. Sonja und ich waren nebenan im Kinderzimmer. Der Nachmittag ging viel zu schnell vorbei. Am Abend trennten wir uns in bester Laune.

Gegen Peter und Kathrin hatte ich nichts einzuwenden. Die konnten ruhig öfters kommen. Aber mit der Mama einkaufen zu gehen, war ätzend. Egal, ob sie etwas für ihren Unterricht brauchte, ob sie Socken für Papa aussuchte oder ein Buch und eine Zeitung kaufte, ob sie zur Post und zur Sparkasse ging, jedes Mal mussten wir mit. Das gehörte nämlich auch zu ihrem Neuanfang. Mama wollte uns unter Kontrolle haben. Ich war stinksauer.

Philipp ließ sich nichts anmerken. Er schwieg. Sein Gesicht war ausdruckslos wie eine Maske. Er trabte neben Mama und mir her, ohne etwas zu sagen. Er erzählte nichts, weder von der Schule noch sonst etwas. Wenn Mama ihn fragte, antwortete er, aber nur kurz. Mama musste ihm alles aus der Nase ziehen. Er hatte sich zugemacht und ließ nichts aus sich heraus.

»Stur wie ein Panzer«, urteilte Papa.

Philipp schwieg.

»Ganz der Vater«, ergänzte Mama spitz.

Auch dazu schwieg Philipp.

Schon seit Tagen war es unerträglich heiß. Wir hatten die letzten Schulstunden hitzefrei. Mama machte den einzig vernünftigen Vorschlag, den man bei über dreißig Grad machen kann. »Packt die Badesachen ein. Wir fahren zum Baggersee.«

Mamas Auto war glühend heiß wie ein Backofen. Am Baggersee waren viele Leute und überall lag Müll herum. Mama ärgerte sich darüber. Sie ärgerte sich auch, weil sie kein schattiges Plätzchen fand. Dann blieb sie an einer Brombeerranke hängen und ärgerte sich noch mehr. Sie stopfte die Handtücher in die Tasche zurück, die nun nicht mehr zuging. Nach einer Stunde waren wir wieder zu Hause.

»Darf ich jetzt ins Freibad?«, fragte Philipp plötzlich.

Es war das erste Mal seit Tagen, dass er einen Wunsch äußerte und nicht nur Ja und Nein sagte. Philipp wurde wieder lebendig und ich unterstützte ihn sofort.

»Ich auch. Bitte, Mama. Ich konnte mich gar nicht richtig abkühlen am See, und im Auto waren bestimmt hundert Grad.«

Da flippte Mama aus. Sie schrie uns an, dass wir keinen Familiensinn hätten.

»Du kannst ja mitkommen, wenn du willst«, bot ich ihr an. »Wir haben nichts dagegen.«

Aber darüber regte sie sich noch mehr auf. »Ach, wirklich?«, schrie sie und dann zischte sie so unter Druck wie ein Dampfkochtopf: »Es ist nicht zu fassen. Es ist wirklich nicht zu fassen!«

Ich wollte Mama nicht ärgern. Bestimmt nicht. Sie war heute komisch. Ob sie einen Sonnenstich hatte?

»Ja, zum Kuckuck. Geht ins Freibad«, schimpfte sie. »Geht schon!«

Erst ließ sie uns tagelang nicht aus den Augen und jetzt, auf einmal, wollte sie uns nicht mehr sehen. Bestimmt hatte sie einen Sonnenstich. Oder sie hatte sich den Neuanfang lockerer vorgestellt. Die blöde Einkauferei mit dem stummen Philipp ging ihr genauso auf den Keks wie mir.

Mama stampfte in ihr Zimmer und warf die Tür hinter sich zu.

In Philipps Augen blitzte es auf. Er pfefferte die Badehose an die Wand und hauchte ganz leise: »Juchhu!« Dann packte er mich am Arm. »Komm, Nele, schnell, ehe sie es sich anders überlegt.«

Im Freibad traf ich Sonja, und Philipp traf ein paar Jungen, die er kannte.

Sonni erzählte mir, dass ihre Mutter ganz schlecht drauf sei, weil das mit dem Erwin irgendwie nicht klappte. Und ich erzählte ihr, dass meine Mutter auch ganz schlecht drauf sei, weil wir keinen Familiensinn hätten.

»Da machst du was mit!« Sonja seufzte.

Philipp stand mit einer Clique, in der die meisten älter waren als er, am Kiosk. Sie holten sich Getränke. Ich hätte auch gern eine Limo gehabt. Ob Philipp mich wohl mal trinken ließ? Als ich genauer hinsah, merkte ich aber, dass er eine Bierdose in der Hand hielt. Das versetzte mir einen Stich. Philipp hatte seinen Schwur gebrochen.

Abends fuhr Mama zu ihrer Frauengruppe. Papa hatte auch etwas vor und roch nach Rasierwasser.

»Nele, du gehst ins Bett, ohne noch vor dem Fernseher zu hängen«, ordnete Papa ziemlich streng an. »Deine häufige Atemnot gefällt mir gar nicht. Du brauchst mehr Ruhe. Am Samstag nehme ich dich mit auf den Tennisplatz.«

»Ich kann doch gar nicht Tennis spielen«, maulte ich. »Was soll ich denn da?«

»Es gibt eine Kindergruppe. Vielleicht magst du eintreten. Tennisspielen ist bestimmt gut für deine Lunge. Na, mal sehen, darüber reden wir noch.«

Dann gab er Philipp einen Zeitungsausschnitt. »Hier, lies dir das in Ruhe durch. Alkohol und Drogen – schon bei Kindern. Die Folgen sind verheerend«, sagte er. »Pass auf dich auf, mein Junge. Ich kann es nur immer wiederholen: Du solltest deine Trägheit überwinden und auch Tennis spielen. Sport ist das Beste in deinem Alter.«

Kurz darauf quietschte das Garagentor. Papas Auto sprang an. Mama war schon fort.

Einen Augenblick war es ganz still im Haus. Doch dann dröhnte Philipps Kassettenrekorder los wie verrückt. So was ganz Schräges.

»Eh, stell das leiser!«, schrie ich. »Die Nachbarn beschweren sich gleich.«

»Ist mir scheißegal«, brüllte Philipp zurück. »Wie findest du das? Ist Punkrock. Irre geil, stimmt's?«

Ich hielt mir die Ohren zu. Aus dem Rekorder kam nur Gehämmer, Scheppern und Kreischen. Philipp warf die Arme hoch und machte einen Tennisspieler nach. Er drosch auf einen Ball oder Gegner ein, den er nur in seiner Phantasie vor sich hatte. Das war aber nicht der Sport, den Papa für das Beste hielt, sondern Prügeltennis, schräg, verzerrt und voller Wut. Ach, was weiß ich! Es war Philipp, mein Bruder, der durch die Wohnung tobte, bis er erschöpft auf dem Teppich liegen blieb.

Ich drehte die Lautstärke zurück. »So was ist keine Musik. Davon fallen einem die Ohren ab. Findest du das etwa gut?«

»Klar«, sagte Philipp. »Tralalamusik hört sich anders an. Das ist scharf wie eine Rasierklinge. Den Spießern soll schlecht werden davon. Nele, wir müssen den Abend umkrempeln. Schrei doch mal so laut, wie du kannst. Schrei zu der Musik! Das ist besser als dein dummes Atemspray.«

Ich dachte, Philipp spinnt. Jetzt dreht er durch. Was

hatte denn meine Medizin mit diesem Kreisch-Quietsch-Geschepper zu tun? Aber ich ging gar nicht darauf ein. Philipp stand vom Boden auf. Seine Augen glitzerten, auf seinem Gesicht lag eine Anspannung, die beunruhigend war. Ohne hinzuschauen, griff Philipp in sein Regal, schob den Arm flach über die Bücher und zog die kleine, braune Flasche dahinter hervor, die ich schon einmal bei ihm gesehen hatte. Das Glitzern in seinen Augen wurde zu Blitzen, die gegen mich gerichtet waren. »Medizin«, murmelte er. »Meine Medizin.«

»Ich glaube dir kein Wort. Im Freibad hast du Bier getrunken. Du kannst mir nichts vormachen. Meinst du, ich bin doof?«

Philipp trank. Für einen Augenblick schloss er die Augen. Seine Schultern entspannten sich, sein Gesicht wurde weicher. Der ganze Philipp verwandelte sich, und zum Vorschein kam wieder mein Bruder, so wie ich ihn lieb hatte.

»Ich mache dir nichts vor. Zu dir bin ich immer ehrlich«, sagte er und lächelte.

Aber ich ließ mich nicht täuschen. Ich hatte zu oft in letzter Zeit den anderen Philipp erlebt, der auch in ihm steckte. »Bist du nicht, du Lügner. Du hast mir dein Ehrenwort gegeben, dich nicht mehr wegzuknallen, aber du säufst schon wieder.«

Philipp drehte die Flasche um. Sie war leer. Langsam

schraubte er sie zu und stellte sie mitten auf seinen Schreibtisch. Er stand daneben und himmelte das blöde braune Ding an.

Da wünschte ich mir wieder, dreimal so groß und dreimal so stark zu sein. Es war nicht zum Aushalten! Ich wollte die Flasche zertrümmern und griff danach. Aber Philipp war schneller.

»Nicht aus dem Fenster werfen«, sagte er, als könne er Gedanken lesen. »Hör mir mal zu, Schwesterchen. Ich erkläre dir das. Wegknallen ist wie neulich. Dann weiß man überhaupt nichts mehr hinterher. Das tu ich mir nicht mehr an und dir auch nicht. Aber ein bisschen Alk ist gut. Echt! Mir wird sonst schlecht, ich kriege das Zittern. Meine Nerven halten das Affentheater mit Mama und Papa nicht aus. Alk ist wirklich Medizin für mich. Morgens ein Schlückchen vor der Schule, abends ein Schlückchen, dann bin ich super drauf. In den großen Ferien gewöhne ich es mir ganz ab, restlos, endgültig. Kein Schluck mehr. Aber bis dahin muss ich es noch haben. Ich kann nicht einfach aufhören. Das schafft keiner, der auf Alk ist. Wirklich, du musst mir glauben. Ich habe es versucht. Aber in den Ferien kriege ich es irgendwie hin.«

Für einen Augenblick huschte etwas über Philipps Gesicht. Ich sah wieder den Indianer am Marterpfahl. Doch er setzte schnell ein Grinsen darüber, hinter dem der echte Philipp verschwand.

»Das dauert nicht mehr lange. Gerade mal fünf Wochen«, redete er auf mich ein. »Die Zeit geht in null Komma nix vorbei. Jetzt nehme ich den Alk, damit ich die Mama und die Schule besser ertragen kann. Keiner merkt was. Zähne putzen und Kaugummi kauen ist ja so ungefähr das Einzige, was in diesem Haus nicht kontrolliert wird.« Philipp beugte sich zu mir herunter. »Riechst du was?«

Ich schubste ihn zurück. »Seit wann ist das schon so mit dir?«

»Du stellst Fragen! So was fängt nicht an einem ganz bestimmten Tag an. Irgendwann probiert jedes Kind Feuerwasser und kommt sich toll dabei vor. Weißt du noch, wie wir früher Indianer gespielt haben?«

»Klar weiß ich das. Aber wir haben uns dabei nicht betrunken. Wann hat es also angefangen?«

Philipp zog die Luft ganz tief ein und pustete sie hörbar wieder aus. »Ja, wann?«, fragte er sich selber. »Erinnerst du dich noch an Onkel Hans und Tante Elke? Mama und Papa hatten die beiden im Urlaub kennen gelernt. Sie haben uns mal besucht. Noch in der alten Wohnung. Papa hatte wieder was an mir auszusetzen und hat mir eine geknallt. Ich weiß noch, dass ich mich furchtbar geschämt habe. Vor allem vor Onkel Hans. Den mochte ich nämlich sehr gern. Ja, und dann ist so etwas passiert, was man sein Leben lang nicht vergisst.«

»Nun sag schon, mach's nicht so spannend.«

»Ich habe mich in der Abstellkammer hinter der Küche verkrochen und geheult. Plötzlich ging die Tür auf und Onkel Hans kam rein. Er hat sich zu mir auf den Boden gehockt, eine flache, silberne Flasche aus seiner Jackentasche gezogen und einen Schluck daraus getrunken. Danach hielt er mir die Flasche hin. Weißt du, er hat nichts gesagt. Jedenfalls kann ich mich nicht erinnern. Es war wie eine heimliche Verschwörung. Das Zeug brannte wie Pfeffer. Mir wurde ganz warm davon und so seltsam im Kopf. Ein wohliges, wackeliges Gefühl war das. Wie auf einer Wolke. Ich fand Onkel Hans toll. Er war irgendwie anders als Papa. Weicher. Nicht so ein Sporttyp, so ein Kraftmacker mit Durchstehvermögen. Papa hielt ihn übrigens für einen Versager. Ich werde nie vergessen, wie wir in der Abstellkammer gehockt und ein warmes Kribbeln im Bauch gekriegt haben.«

»Aber das ist doch schon ewig her! Da warst du zehn und ich war gerade in die Schule gekommen. Bist du von da an immer heimlich an Papas Hausbar gegangen und keiner hat was gemerkt? So was fällt doch auf.«

Philipp schüttelte den Kopf. »Ich habe mal genippt, wenn halb leere Gläser rumstanden oder wenn noch Wein in der Flasche übrig war. Genau wie du. Na ja, vielleicht auch ein bisschen mehr. Bis vor ein paar Monaten. Da habe ich einen Jungen in der Schule kennen gelernt, der hat mir das Biertrinken beigebracht. Mit dem habe ich mich dann das erste Mal weggeknallt.«

»War das der Junge, der von der Schule geflogen ist? Papa hat neulich davon gesprochen, als du zu spät zum Abendessen gekommen bist«, sagte ich.

»Du merkst dir wohl alles.« Philipp grinste. »Ja, genau. Aber der ist in Ordnung. Nur Papa und Mama machen gleich ein Monster aus ihm. Als er Hilfe gebraucht hätte, war keiner da. Später haben dann alle mit Fingern auf ihn gezeigt. Schulverweis für einen, der die Flasche im Ranzen hat, der die Lehrer anrülpst und dem Rektor auf die Schuhe kotzt. Nein, so einer passt nicht in unsere feine Schule. Aber was geht dich das alles an, Nele? Vergiss es. Ich höre mit dem Alk auf in den großen Ferien. Das habe ich mir vorgenommen und irgendwie ziehe ich das auch durch. Nun mach die Glotze an. Es läuft nämlich ein Western im ersten Programm. Mit vielen Indianern. Ich gehe noch ein bisschen weg.«

»Bist du verrückt? Mama kriegt einen Koller, wenn sie zurückkommt.«

»Reg dich nicht auf. Ich gehe nur zu meinem Kumpel. Zu dem kann ich immer kommen. Sein Vater hat sich nämlich abgesetzt und die Mutter ist zur Zeit irgendwo zur Erholung. Er braucht mich. Verstehst du? Mama und Papa kriegen mich nicht klein. Die können mich einsperren, so viel sie wollen. Ich werde trotzdem nicht ihr Musterknabe. Wenn mich ein Kumpel braucht, bin ich da. Auf mich kann man sich verlassen. Und falls ich es hier gar nicht mehr aushalte, kratz ich die Kurve. Mit den Kumpels, das ist eine klare Sache. Die nehmen dich ganz oder gar nicht. Da fragt keiner, ob du aus einem feinen Stall kommst und ein netter kleiner Tennisbubi bist. Stress haben die alle zu Hause.«

»Philipp, hör auf! Ich will nicht, dass du so redest«, rief ich. »Wenn Mama nach Hause kommt, und du bist nicht im Bett, gibt es Zoff, und ich kriege es auch wieder ab. Nur wegen dir darf ich kaum noch mit Sonja spielen.«

»Nele, halt die Klappe und zieh dir den Westernfilm rein. Ich komme vor Mama und Papa zurück. Es gibt schon keinen Zoff.«

Er schubste mich zur Seite, sauste aus der Tür und war weg. Der Kumpel war ihm wichtiger als alles andere.

Ich durfte nicht fernsehen. Papa hatte es mir ausdrücklich verboten. Bestimmt, weil er wusste, dass ein Indianerfilm lief. Ich war kein bisschen müde.

Philipp und sein Kumpel gingen mir nicht aus dem Kopf. Was hieß das eigentlich? War ein Kumpel ein Freund? War Sonja vielleicht mein Kumpel? Nein, dachte ich, sie ist meine Freundin. Vielleicht trinken

Kumpels immer Bier, wenn sie zusammen sind, und Freundinnen nicht.

In meinem Kopf schwirrten die Gedanken durcheinander, und niemand war da, mit dem ich reden konnte. Wie sollte man da schlafen? Wenn Indianer Schwierigkeiten haben, setzen sie sich auf ihre schnellen Ponys und galoppieren vor den weißen Verfolgern davon. Ein Pferd, ein eigenes Pferd! Das wäre toll.

Ich setzte mich in Philipps Bett und klickte den Fernseher an. Es war mir egal, ob ich das durfte oder nicht. Die Bleichgesichter waren schrecklich grausam und ungerecht. Aber die Indianer wussten sich zu wehren. Der Film war super und ich vergaß alles andere. Gerade als das entscheidende Gemetzel in einer Schlucht begonnen hatte, klingelte das Telefon.

Ich kam mir ertappt vor und mein Herz klopfte heftig. Wer rief denn jetzt noch bei uns an? Die Klingelei hörte gar nicht mehr auf und die Indianer wurden alle von den Weißen abgeknallt. Da schaltete ich den Fernseher aus und rannte ins Wohnzimmer.

»He, Nele, ich bin's, Philipp. Riegel das Kellerfenster auf. Du weißt schon, welches ich meine. Ich komme doch etwas später. Dann schleiche ich mich durch den Garten rein. Das merkt keiner. Eh, du bist super.« Er legte auf, ohne eine Antwort abzuwarten.

»Philipp, du Arschloch!«, sagte ich laut. »Man kann

sich überhaupt nicht mehr auf dich verlassen. Du nutzt mich aus, ziehst mich in deinen Ärger mit rein.«

Ich war wütend und fühlte mich allein gelassen in dem stillen Haus. Die Tränen kamen, ob ich es wollte oder nicht. Wenn Mama mir doch mal zuhören würde! Aber sie hat nie Zeit. »Schnell, schnell, Nele! Was trödelst du denn so«, sagt sie dauernd zu mir. Alles muss bei ihr schnell gehen. Mit Papa kann ich auch nicht reden. Meistens kommt er spät aus seinem Labor, fährt zum Tennisplatz, zu einer Versammlung oder dahin, worüber bei uns niemand redet. Eigentlich lebt Papa gar nicht mehr richtig zu Hause.

Die Tränen drückten mir die Luft ab. Am liebsten hätte ich mich auf den Boden gelegt und gar nicht mehr geatmet. Dann hätten sie was zum Gucken, wenn sie nach Hause kamen – alle, die mich im Stich ließen. Aber ich holte doch mein Atemspray. Das half sofort. Trotzdem musste ich endlich mit jemandem reden. Lana! Ja, dachte ich, ihr kann ich alles erzählen. Wirklich alles. Gleich morgen wollte ich Halsschmerzen kriegen, um den ganzen Vormittag bei Lana zu bleiben. Halsschmerzen habe ich oft. Das musste Mama mir glauben.

Nachdem ich beschlossen hatte, krank zu werden, ging es mir gleich besser. Ich düste in den Keller, riegelte das Fenster auf und sprang dann ins Bett. Quietschi raschelte noch ein wenig in seinem Käfig. Aber bald war er auch still. Ich glaube, wir schliefen beide gleichzeitig ein, der Quietschi und ich.

Ich träumte sogar von Halsschmerzen oder von Kehlezudrücken. Genau wusste ich das nicht mehr. Als Mama mich am Morgen weckte, war ich ganz sicher, dass ich nicht zur Schule gehen wollte. Ich blieb liegen, hustete und räusperte mich. Leider tat mein Hals trotzdem nicht besonders weh. Nur mein Herz klopfte vor Aufregung, weil ich nicht wusste, ob Mama mir glauben würde.

»Nele, wieso bist du noch im Bett? Komm, beeil dich! Du weißt doch, dass es morgens schnell gehen muss.« Mit einem Ruck zog sie mir die Bettdecke weg.

Ich musste niesen. Langsam setzte ich mich auf. »Ich habe Halsschmerzen«, jammerte ich. »Ich friere.«

Mama stöhnte. »Geh jetzt ins Bad und putz dir die Zähne. Beim Gurgeln gehen die Beschwerden weg. Im Sommer kriegt man keine Halsschmerzen.«

Ich stand auf und fühlte mich sehr elend, weil man im Sommer keine Halsschmerzen kriegt. Aber im Bad nahm ich mir fest vor, doch welche zu haben.

Als ich lange genug gegurgelt hatte, ging ich zu Philipp. »Das Bad ist frei«, murmelte ich gepresst. »Ich habe solche Halsschmerzen. Los, nun wach schon auf!«

Philipp wälzte sich von seiner Matratze und schlurfte noch ganz verschlafen an mir vorbei. Doch dann schien etwas in seinem Kopf klick zu machen. »Was hast du?«, nuschelte er.

»Halsschmerzen.«

Er starrte mich an. Sein Gesicht sah weiß und verquollen aus. Er konnte kaum die Augen aufhalten. »Halsschmerzen? Ich auch.« Er wankte zu seinem Bett zurück, warf sich hinein und zog die Decke über den Kopf.

»Mama! Philipp ist auch krank«, schrie ich. Und dann machte ich es wie mein Bruder. Statt mich anzuziehen, legte ich mich wieder hin.

Mama düste aufgeregt von einem Zimmer ins andere. »Nele, steh sofort auf! Philipp, jetzt reicht es aber! Ihr geht zur Schule. Auch mit Halsschmerzen. Ist das klar?«

Ich stand auf und lief zu Papa, der irgendwas in seiner Nachttischschublade suchte. »Guck doch mal in meinen Rachen«, jammerte ich. »Der ist bestimmt ganz rot. Die Mama glaubt mir nicht.« Ich stellte mich vor ihn hin und riss den Mund so weit auf, wie ich nur konnte.

Papa ist morgens immer ziemlich mürrisch. »Also, Nele, ich kann hier gar nichts sehen. Wenn du krank bist, geh ins Bett. Christa, kümmere dich doch mal um die Kinder!«

Ich ging brav ins Bett und hoffte, dass Mama-Christa sich nicht um mich kümmerte.

Die war jetzt erst mal mit Philipp beschäftigt und mit Papa. »Ich falle nicht auf euer Theater rein. Philipp, wenn du nicht in einer Minute im Bad bist, ist hier der Teufel los. Also, Paul, warum schickst du denn Nele wieder ins Bett? Ist das die bequemste Art für dich, sie loszuwerden?«

»Kann man nicht mal in Ruhe frühstücken?«, donnerte Papa los. »Bin ich hier in einem Irrenhaus?«

Von nun an hatten Paul und Christa einen heftigen Morgenstreit. Ich blieb in meinem Bett und zog mir die Decke über die Ohren. Irgendwann war es wieder still. Da waren Mama und Papa fort.

Es hatte geklappt. Heute keine Schule, aber dafür Lana. Ich wollte mich freuen, stattdessen plagte mich mein schlechtes Gewissen. Mama hatte mich durchschaut. Und der Krach – na ja, daran war ich auch schuld. Ich hatte gelogen. Aber es war nur eine Notlüge gewesen. Weil sie mir nie zuhört und weil etwas geschehen muss mit Philipp.

Wieso hatte der eigentlich Halsschmerzen? Er konnte sich nicht einfach an meine Notlüge anhängen, wenn ich Lana für mich haben wollte.

Ich stapfte in sein Zimmer. »Seit wann hast du auch Halsschmerzen, wenn ich welche habe?«, fragte ich extra laut, denn Philipp hatte sich zur Wand gedreht. Außer seinen wuscheligen Haaren schaute nichts unter der Bettdecke hervor. Vielleicht war er wieder eingeschlafen oder er tat nur so.

»Du wachst jetzt auf!«, befahl ich. »Wir müssen uns auch noch wegen gestern Abend unterhalten.« Ich zog an seiner Bettdecke.

Philipp grunzte und versuchte, mich wegzuschieben.

»Du bist genauso schuld an dem Krach. Was ist mit dir? Warum bist du nicht in die Schule gegangen? Ich will das jetzt wissen«, schrie ich.

Philipp kam hoch und haute mir eine runter. Dann schubste er mich aus seinem Zimmer und knallte die Tür zu.

»Du stinkst schon wieder wie eine Schnapsleiche«, schrie ich. »Du bist doof! So einen doofen Bruder will ich nicht haben. Ich helf dir nie mehr, ich mache auch kein Kellerfenster auf und so was!« Dann knallte ich meine Tür genauso laut zu, wie Philipp es eben getan hatte.

Als Lana kam, war ich noch immer im Schlafanzug. Sie sah mir sofort an, dass etwas nicht stimmte.

»Nele, meine Süße, warum bist du nicht in der Schule? Wegen Philipp?«, fragte sie.

»Es ist ganz schlimm mit ihm«, stöhnte ich.

»Ojemine, da kochen wir uns schnell eine Kanne Pfefferminztee, und dann erzählst du mir, was los ist.«

Ich setzte mich an den Küchentisch. Als der Tee fertig war, tat Lana Honig hinein. Das duftete süß und schmeckte noch viel süßer, als es duftete. Mein Bauch wurde schön warm davon.

Lana räumte auf und hörte mir dabei zu. Dann kam sie zu mir und nahm meine nackten Füße in ihre Hand. Die waren eiskalt, weil ich keine Hausschuhe angezogen hatte.

»Nele, lass den Philipp machen, was er machen muss«, sagte sie. »Du willst ihm seine Probleme abnehmen. Das geht nicht. Du kannst Philipp nicht ändern. Er tut nur, was er selber will. Keiner zwingt ihn dazu. Und im Augenblick will er streiten und wüten.«

»Nein, er läuft rum wie eine Holzpuppe«, widersprach ich. »Die Mama kriegt eine Krise nach der anderen. Gestern Abend ist Philipp ausgerissen, heute hat er die Schule geschwänzt, Mama und Papa haben sich angebrüllt. Lana, mach, dass es wieder wie früher bei uns wird!«

Sie lachte. »Nele, Probleme kann man nicht weghexen. Jeder muss durch seine Schwierigkeiten hindurchgehen und daran wachsen. Verstehst du das?«

»Nein, Lana, der Philipp will lieber Bier mit seinen Kumpels trinken als zur Schule gehen. Kann man daran etwa wachsen?«

Lana rang die Hände und ihre Ohrringe klimperten leise. »Philipp ist voller Protest und voller Träume«, sagte sie. »Er kann sich nicht mehr freuen. Er trinkt, damit jeder sieht, wie mies es in ihm aussieht. In meiner Heimat trinken die Männer auch. Ach, was sage ich, sie saufen! Aber dabei tanzen und singen sie, manchmal bis zum Umfallen. Sie saufen sich die Last von der Seele. Die Menschen hier haben verlernt zu tanzen und zu singen. Sie saufen nur. Das macht kranke Gemüter noch mehr krank.«

Lana ließ meine Füße los, die sie warm gerubbelt hatte. Sie begann zu singen, tief und lang gezogen. Es war ein Lied, das ich noch nie von ihr gehört hatte. Wie immer verstand ich kein Wort, aber mir wurde ganz wohl dabei. Es war, als ob ich durch die Ohren verstehen könnte, was mein Kopf nicht begriff.

Ich schlang meine Arme um Lanas Hals und meine Beine um ihre Hüften. Sie hob mich hoch und wir hopsten durch die Küche. Tanzen war das nicht gerade, aber quietschvergnüglich.

Als Lana mich keuchend auf dem Küchentisch absetzte, sah ich, dass Philipp am Türrahmen lehnte und uns beobachtete.

»Nele-Baby macht hoppe, hoppe Reiter«, sagte er verächtlich. Dann peilte er die Kaffeemaschine an. »Brühst du mir frischen auf, ja? Ich gehe nur kurz unter die Dusche.«

»Seit wann trinkst du Kaffee?«, fragte Lana.

»Seit heute. Was dagegen?«

»Nein, aber koch dir deinen Kaffee selbst«, sagte sie und holte den Staubsauger.

Später, als Philipp vor seinem schwarzen Kaffee saß, kapselte er sich wieder so ab, wie er es schon seit Tagen tat. Er hing halb auf dem Tisch, den Kopf in die linke Hand gestützt. Sein Blick ging durch mich hindurch, als ob ich ein Schatten wäre oder ein Erinnerungsbild in seinen Gedanken.

»He, ich bin kein Geist, ich bin ganz lebendig. Wie geht es deinen Halsschmerzen?«, versuchte ich ein Gespräch anzufangen.

Philipp reagierte nicht. Ich setzte mich ihm gegenüber an den Tisch. Da ließ er seinen Kaffee stehen, stand auf und ging aus dem Haus. Wahrscheinlich fiel ihm das Gequatsche eines I-Dötzchens wieder mal auf die Nerven. Armer Philipp – Blödmann!

Kurz bevor Mama aus der Schule heimkam, war er auch zurück. Natürlich verlor er kein Wort darüber, wo er gewesen war.

Mama kam mit derselben Laune zur Haustür rein, mit der sie am Morgen rausgestürmt war. Ihre Tasche schlug mit einem dumpfen Aufprall gegen die Wand. Die Schlüssel klirrten auf dem Flurschränkchen. »Na, habt ihr euch von euren Halsschmerzen erholt?«, fragte sie.

Auf so was kann man nicht antworten. Mama wollte auch keine Antwort. Sie packte Philipp an beiden Schultern und schüttelte ihn.

»Du hörst mir jetzt zu, mein Sohn! Das Maß ist voll.

Ich habe heute mit deiner Klassenlehrerin telefoniert. Du schwänzt laufend die Schule. Man hat dich mit einer Schnapsflasche auf dem Schulklo erwischt. Daraufhin bist du zum Schulpsychologen geschickt worden. Der hat dir einen Brief für uns mitgegeben, den du nicht abgeliefert hast. Deine Versetzung in die nächste Klasse ist aussichtslos. Du weißt genau, was du dir damit verbaust. Und nun zu gestern Abend: Wo bist du gewesen? Wir haben dir verboten, noch wegzugehen. Aber als ich nach Hause kam und zu dir hineingeschaut habe, warst du nicht in deinem Bett. Philipp!«

Mama hielt inne und drehte ihre Lautstärke auf Flüsterton. »Sag mir, was mit dir los ist. Sei endlich offen und ehrlich. Warum tust du dir und uns das an? Wenn du irgendwie in Schwierigkeiten geraten bist, dann sag es jetzt. Man kann alles wieder hinbiegen. Aber mit deinem Verhalten zerstörst du die Familie und dich selbst.«

Philipp hatte sich wieder in eine Holzpuppe verwandelt. Er rührte sich nicht. Er starrte glasig geradeaus. Keine Antwort, keine Bewegung, kein Anzeichen, dass er überhaupt zugehört hatte.

Mama klappte die Augen wieder auf und seufzte. »Phil, wir meinen es gut mit dir. Merkst du das denn nicht? So kann es nicht weitergehen. Du bist intelligent genug, um zu wissen, was du tust. Hast du dich gestern wieder betrunken?«

Philipp reagierte nicht.

»Bist du dir eigentlich im Klaren darüber, dass du deine Schwester mit ins Unglück ziehst?«, fuhr Mama fort. »Du bist immer Neles Vorbild gewesen. Sie leidet unter deinem Verhalten. Kannst du das verantworten?«

Philipps Schultern hoben und senkten sich leicht. Er schluckte und presste dabei die Lippen so fest aufeinander, dass sie wie ein Strich quer durch sein Gesicht liefen. Ich merkte, dass etwas in ihm vorging. Und Mama merkte es auch. Sie blieb unheimlich ruhig. Aber jeder Satz von ihr war wie ein Knüppel. Philipp zog den Kopf zwischen die Schultern. Er wurde kleiner, in seinen Augen sah ich die Hilflosigkeit, die ich selber in diesem Augenblick fühlte.

Und plötzlich brach es aus ihm heraus: »Ich bin schuld? Ich, immer ich! Ich zerstöre die Familie und schade meiner kleinen Schwester. Ich bin nicht ehrlich, nicht offen, treibe mich rum – und was macht ihr? Papa hat ein Verhältnis mit dieser Schnecke aus seinem Labor. Du weißt das. Ihr redet hinter verschlossener Schlafzimmertür von Trennung. Papa geht jeden Abend an seine Hausbar. Ohne seine Schlückchen hält er das Leben wohl nicht aus, was? Und du erzählst anderen Leuten am Telefon, dass wir dir lästig sind. Du kontrollierst uns, zerrst uns mit zum Einkaufen, um vor den Nachbarn und vor dir selbst die nette, heile Familie zu spielen, die wir gar nicht sind. Du stöberst in meinen Sachen herum. Du lügst. Papa lügt. Aber wir sollen so tun, als wüssten wir von nichts. Wir sollen lieb und fleißig funktionieren wie Bilderbuchkinder. Ich finde das Leben öde. Ich finde das, was hier abläuft, Scheiße. Ich finde die Schule Scheiße. Und ich will leben, wie ich mich fühle – in der Scheiße!«

Er trat gegen einen Stuhl, der krachend gegen die Wand kippte. Er riss die Tür von der Hausbar auf und griff nach einer Flasche. Mama langte mit beiden Händen danach. Die Flasche fiel auf den Teppich. Mama und Philipp rangen miteinander. Er riss sich los und stürzte aus dem Zimmer. Dann krachte die Haustür, als ob sie in tausend Stücke auseinander flöge.

Die Haustür war doch noch heil. Aber irgendwas war zerbrochen. Ich fühlte es. Zuerst wusste ich nicht, was es war. Aber als ich mitten in der Nacht aufwachte, da wusste ich es auf einmal. Die Lüge war zerbrochen. Vielleicht würde Philipp sagen: die Familienlüge.

Die Sache mit Papas Freundin kannte ich auch und Mamas spitze Bemerkungen, die sie abschoss, wenn Papa zum Abendessen noch nicht zu Hause war. Oft war es nur eine seltsame Betonung von harmlosen Worten. Man konnte die Eifersucht dahinter spüren und die Traurigkeit. Ich wollte das nicht spüren. Mama, Papa, Philipp und ich – wir gehörten zusammen. Daran konnte keine Labortussi rütteln und niemand und nichts.

Philipp hatte diese Lüge zerbrochen. Er war abgehauen. Mal wieder. Er kam auch am Abend nicht zurück. Mama und Papa stritten deswegen. Ich lag im Bett und heulte.

Am nächsten Tag ging ich wieder in die Schule. Aber ich saß nur rum. Ich konnte mich einfach nicht konzentrieren, obwohl ich mir Mühe gab. Zweimal rief mich Frau Borger auf, und ich hatte keine Ahnung, was sie gefragt hatte.

»Cornelia, schläfst du?«, fragte sie.

Ich schüttelte den Kopf. Nein, ich schlief nicht, ich war nur nicht richtig da. Ich saß auf meinem Stuhl neben Sonja und war mit meinen Gedanken ganz woanders. Aber seltsamerweise wusste ich nicht einmal, wo ich mit den Gedanken war. In meinem Kopf war eine Sperre, die nichts rein- und nichts rausließ.

Auf dem Heimweg sagte Sonja: »Du vergisst hoffentlich nicht, dass ich deine Freundin bin.«

Das fand ich prima. Ich wollte mich am Nachmittag mit ihr treffen. Erst als wir schon fast Sonjas Haus erreicht hatten, fiel mir wieder ein, dass ich das wahrscheinlich nicht durfte. Und da war noch etwas.

Das letzte Stück bis zu unserem Haus rannte ich. Vielleicht war Lana noch da. Vielleicht war Philipp gekommen. Er war bisher immer wiedergekommen. Er brauchte uns doch. Außerdem, jetzt fiel es mir wieder ein, heute war Philipps Geburtstag. Heute wurde Philipp vierzehn.

»Mama, Philipp hat Geburtstag«, rief ich schon an der Haustür. Ihr Auto stand vor der Garage. Sie war also ein bisschen früher gekommen.

Mama lehnte am Küchentisch, als ich hereingestürzt kam. »Ja, Philipp hat heute Geburtstag«, sagte sie leise. »Guck mal, Lana hat ihm einen Kuchen gebacken. Meinst du, dass er kommt, Nele?«

Ich seufzte und ließ mich in Mamas Arme fallen. Wir drückten uns und hielten uns fest. »Mama, er muss kommen. Er kann doch nicht ohne uns Geburtstag feiern. Aber du darfst nicht schimpfen, Papa auch nicht. Versprich mir das. Wir sagen einfach: ›Da bist du ja endlich. Wir haben dich so vermisst.‹ Es stimmt, dass wir ihn vermissen. Du doch auch.«

»Ich vermisse ihn genauso wie du und wünsche mir nichts mehr, als dass er bald wieder bei uns ist. So lange ist er nie weggeblieben«, sagte Mama noch immer ganz leise, als wäre es ein Geheimnis, dass sie ihn lieb hatte.

Ich blickte zu ihr auf. »Wünschst du es dir noch mehr, als dass die Sache mit Papa und der Laborschnecke aufhört?«, flüsterte ich nun auch, weil das doch wirklich ein Geheimnis bleiben sollte.

Mama streichelte über meine Haare und strich mir die Fransen aus dem Gesicht. »Hast du es auch gewusst?«, fragte sie.

Ich nickte. »Glaubst du, Kinder kriegen so was nicht mit? Du bist doch Lehrerin. Ich dachte immer, die wüssten alles über Kinder.«

Mama lächelte traurig. »Ich bin in letzter Zeit keine gute Mutter gewesen. Ich habe nur meine eigenen Schwierigkeiten gesehen und dabei nicht gemerkt, dass es auch eure Schwierigkeiten sind. Dabei habe ich mir so sehr gewünscht, dass ihr gesund und glücklich aufwachsen könnt.«

»Ach, Mama«, sagte ich tröstend. »Heute feiern wir Geburtstag, mit vierzehn Kerzen auf dem Kuchen. Das ist ein guter Tag für Philipp, um zurückzukommen.«

Wir aßen Mittag. Danach machte ich rasch meine Hausaufgaben. Mama sah sie nach und war zufrieden. Dann warteten wir nur noch. Warten ist das Schlimmste, was es gibt.

»Darf Sonja kommen?«, bettelte ich. »Bitte, es ist so langweilig. Ich halte es nicht mehr aus.«

Mama murmelte etwas. Ich hörte gar nicht richtig hin, sondern wählte schnell Sonjas Nummer, ehe Mama deutlicher wurde.

Sonja kam sofort angedüst, weil sie sich nämlich auch langweilte und schon auf mich gewartet hatte. Wir wussten dann aber gar nicht richtig, was wir spielen sollten.

»Du bist so komisch heute«, beschwerte sich Sonja. »Du guckst dauernd auf den Wecker.«

»Weil ich auf Philipp warte. Er wird heute vierzehn. Meinst du, er hat das vergessen?«

Sonja, die auf meinem Bett saß, ließ sich zurückfallen und seufzte übertrieben. »Mensch, Nele, kannst du an nichts anderes mehr denken? Du bist wie meine Mutter, die auf Erwin wartet.«

»Das ist nicht dasselbe«, sagte ich empört. »Philipp ist abgehauen.«

»Ich fürchte, Erwin auch«, murmelte Sonja.

Mama kam herein und brachte uns Kuchen. Geburtstagskuchen. Aber ohne Kerzen und ohne Philipp war es nur Schokostreusel. Doofer, trockener Schokostreusel. Nicht mal Quietschi wollte davon ein Krümelchen haben.

Schließlich überredete Sonja mich, noch ein bisschen mit ihr nach draußen zu gehen. Das war besser als warten. Man kann nicht jemanden herbeiwarten. Ich habe es versucht, aber Philipp hat es nicht gemerkt. Er ist an seinem Geburtstag nicht nach Hause gekommen. Auch nicht am Abend, nicht in der Nacht und nicht am nächsten Tag. Philipp blieb verschwunden.

Mama und Papa stritten nicht mehr. Sie saßen sich im Sessel gegenüber, schwiegen und dachten nach. Sie telefonierten, fragten in der Schule nach Philipp und gingen zur Polizei.

Niemand wusste, wo Philipp war.

Jeden Abend, bevor ich schlafen ging, sah ich im Keller nach, ob der Riegel vom Gartenfenster zurückgeschoben war. Papa achtet streng darauf, dass alle Fenster fest verschlossen werden, weil in unserer Gegend öfters eingebrochen wird. Aber das war mir egal. Philipp war immer durch dieses Fenster ins Haus geschlichen, wenn es Ärger gegeben hatte. Es war unser alter Indianerschleichpfad. Ich wollte ihm dieses Schlupfloch offen halten.

Obwohl ich immer einen günstigen Augenblick abwartete, um unbemerkt in den Keller zu laufen, merkte es Mama doch eines Abends. »Lass das, Nele«, sagte sie. »Wenn Philipp zurückkommen will, kann er doch ganz normal …«

Ich schüttelte heftig den Kopf und ließ sie gar nicht ausreden. »Du kannst es mir ruhig verbieten. Ich mache es doch«, sagte ich. »Ich mache es für Philipp. Er kann sich auf mich verlassen.«

Mama nahm mich in die Arme. »Also meinetwegen«, sagte sie schließlich. »Dann machen wir es zusammen für Philipp.«

»Und Papa sagen wir nichts davon«, schlug ich vor.

Mama nickte. »Es ist unser Geheimnis.«

Philipp war nun schon acht Tage fort. Jeden Morgen, wenn ich aufwachte, lief ich zuerst in sein Zimmer, um nachzusehen, ob er in der Nacht zurückgekommen war. Aber sein Bett war immer leer. Lana hatte sein Zimmer aufgeräumt. Auf dem Boden lagen keine Bücher herum, über der Stuhllehne hing kein schmutziges T-Shirt, und unter dem Bett guckten keine Socken hervor. Sein Zimmer wirkte so leer wie sein Bett.

Als ich am Sonntagmorgen in sein Zimmer ging, leise, weil Mama und Papa noch schliefen, kam es mir so vor, als würde es immer leerer, als wäre Philipp jeden Tag ein Stückchen weiter fort. Ich fing an zu schreien und rannte in die Küche. Ich weiß nicht, warum ich so schreien musste.

Papa kam im Schlafanzug angerannt. »Was hast du? Ist was passiert?« Er riss die Zimmertür auf, um nachzusehen, ob es irgendwo brannte.

Mama packte mich an beiden Händen. »Nele, sag, was los ist. Hast du schlecht geträumt?«

Ich schüttelte den Kopf und allmählich beruhigte ich mich wieder. Aber wie sollte ich ihnen erklären, warum ich so geschrien hatte?

Papa wurde grantig. »Nimm dich bitte zusammen. Du willst immer ein großes Mädchen sein und nun schreist du wie ein Baby und weißt selber nicht, warum.«

»Lass sie, Paul«, sagte Mama. »Bestimmt hat Nele schlecht geträumt.« Dann wandte sie sich an mich. »Hast du an Philipp gedacht?«

»Ich denke auch an Philipp«, murmelte Papa gereizt. »Wir alle tun es doch ununterbrochen. So kann es nicht weitergehen.« Er verschwand im Schlafzimmer wie ein gereizter Bär. Der Sonntag fing nicht gut an.

Gleich nach dem Frühstück wollte Papa auf den Tennisplatz gehen. »Ich brauche Bewegung. Das baut Stress ab«, sagte er. »Wenn du willst, kannst du mitkommen, Nele.«

»Ich will aber nicht.«

»Dann lass es bleiben.« Papa holte seine Tennissachen. Bevor er losging, schaute er mich noch einmal an und schüttelte den Kopf. »So kann es nicht weitergehen.«

Papa war also fort und Mama saß an ihrem Schreibtisch vor einem Stapel Hefte. Im Haus war es still und einsam. Draußen war es auch still und einsam. Sonja war bei ihrem Vater, Philipp war fort.

Ich nahm Quietschi auf den Arm und ging mit ihm in den Garten. Quietschi hoppelte vergnügt über den Rasen und knabberte Gras. Ich legte mich neben ihn und passte auf, dass er nicht ausriss.

Plötzlich bemerkte ich etwas am Gartenzaun. An einer Stelle war die Erde festgetrampelt. Im Gras waren Fußspuren. Sie fielen kaum auf. Ich entdeckte sie nur, weil ich auf dem Bauch lag und sah, dass die Halme ein wenig niedergedrückt waren. Die Fußspuren endeten an unserer Terrasse.

Mir kam ein Verdacht. Ich vergaß mein Meerschweinchen und starrte nur noch auf die Fußspuren. Auf der Terrasse war nichts anders als sonst. Der Kellerabgang, gleich neben der Terrasse, war an manchen Stellen grün von alter Feuchtigkeit. Ein paar Blätter lagen auf den Stufen und viel Staub. Aber ich sah keine Fußabdrücke im Staub. Neben der Kellertreppe, zur Hausecke hin, wuchs Mamas Lieblingsbusch: Kirschlorbeer. Er hatte glatte, dichte Blätter bis auf den Boden. Und da waren wieder Spuren. Ich schob die Äste zur Seite. Unter den Zweigen fand ich eine Dose: »Erbsen, extra fein«, stand darauf. Die Dose war noch geschlossen.

So was Verrücktes! Hier war jemand gewesen. Ein Dieb? Philipp?

Das Gartenkellerfenster lag hinter diesem Busch. Es stand offen. Ich kletterte hinein, wie ich es schon oft gemacht hatte. Im Keller fiel mir nichts Besonderes auf. Die Vorratsregale standen hier und Weinflaschen lagen in einem Gestell. Unsere Fahrräder, der Rasenmäher, ein paar Kartons … War hier jemand gewesen? Ich konnte nichts Auffälliges entdecken.

»Mama!« Ich war schon auf der Treppe in unsere Wohnung hinauf. Aber bevor ich oben ankam, bremste ich.

Cool bleiben! Vielleicht hatte ich etwas übersehen. Etwas Wichtiges.

Langsam ging ich in den Keller zurück. Es war ein bisschen gruselig jetzt, weil ich mir gruselige Gedanken machte. Ich fürchtete mich, obwohl ich sonst nie Angst im Keller habe. Aber wenn es in diesem Augenblick in einer Ecke geknackt hätte, wäre ich geflüchtet.

An den Vorratsregalen war nichts Verdächtiges zu sehen. Da standen Dosen, Marmeladengläser, Nudelpackungen, ein Kasten mit Sprudelwasser. Dringt jemand in unseren Keller ein, um das zu klauen? Quatsch! Außerdem stand hier noch so viel. Und der Wein? Da lagen die Flaschen doch. Ein Dieb hätte alles mitgenommen.

Philipp war hier gewesen. Heimlich, in der Nacht, war er gekommen, um sich ein paar Vorräte zu holen. Während er dann durch das Kellerfenster wieder hinausgeklettert war, hatte er die Dose verloren. So musste es gewesen sein.

Ich machte mir nicht die Mühe, unseren alten Indianerfluchtweg in den Garten zu nehmen. Wozu? Es war mir zu anstrengend. Früher hatte es mir Spaß gemacht. Da war es ein Spiel gewesen. Aber jetzt?

Mein Meerschweinchen fiel mir wieder ein. Ich rannte die Treppe hoch, durch das Wohnzimmer und dann über die Terrasse in den Garten. Quietschi saß nicht mehr auf dem Rasen. Er war nirgends zu sehen. Auch das noch!

Ich lief zum Gartenzaun, schaute nach allen Seiten und dann zu unserem Nachbarn hinüber. Der lange Stephan von nebenan beobachtete mich.

»Hast du mein Meerschweinchen gesehen?«, rief ich ihm zu. »Es ist abgehauen.«

»Muss wohl an eurem Haus liegen«, nuschelte der Blödmann. »Dein Bruder ist doch auch abgehauen.« Der Stephan war schon immer gemein.

Ich lief zur Kellertreppe. Hoffentlich war Quietschi nicht die Stufen hinuntergefallen. Da er meistens im Käfig sitzt, kennt er sich nicht aus mit den Gefahren einer Treppe. Unsere Nachbarn zur anderen Seite hin haben einen Kater. Der fängt Mäuse und Vögel. Dem traute ich auch zu, dass er sich auf ein Meerschweinchen stürzte.

Quietschi lag nicht verunglückt auf der Kellertreppe. Wo sollte ich nur noch suchen? Ich legte mich platt auf den Bauch, um besser unter die Büsche gucken zu können. Aber nirgends saß ein Meerschweinchen.

Mama hatte mich wohl vom Fenster aus beobachtet. »Was machst du da, Nele?«, rief sie.

Ich sprang auf. »Quietschi ist weg Ich habe schon überall gesucht.«

Mama kam in den Garten. »Hast du schon bei der Garage und bei der Regentonne nachgesehen?«

»Nein.« Ich nahm mir die Ecke gründlich vor.

Mama beugte sich über die Blumenkübel auf der Terrasse und über das Geländer der Kellertreppe. Da hatte ich aber schon dreimal alles abgesucht.

Als ich ohne Quietschi zu ihr zurückkam, kniete Mama vor dem Kirschlorbeerbusch. In einer Hand hielt sie mein Meerschweinchen, in der anderen die Dose mit Erbsen. Ich griff ganz schnell nach Quietschi, denn Mama sah aus, als würde sie ihn gleich fallen lassen oder selber umkippen. Die Erbsen hatten ihr einen Schock versetzt.

»Komm mit«, sagte ich leise. »Wir setzen uns auf die Terrasse.«

Ich hielt den Quietschi fest an mich gedrückt und nahm Mama bei der Hand. Ich musste sie ziehen, damit sie überhaupt einen Fuß vor den anderen setzte. Sie starrte noch immer auf die Dose. Dann sank sie in das weiche Polster eines Gartenstuhls. Ich setzte mich neben sie.

»Was ist mit den Erbsen?«, fragte ich. »Meinst du, das war ein Einbrecher?«

Mama holte tief Luft. Ich sah, dass eine Gänsehaut über ihre Arme rieselte. Sie schüttelte sich ein wenig. »Ein Einbrecher«, wiederholte sie. »Glaubst du das?«

Ich glaubte es nicht und sie auch nicht. Philipp war auf und davon, er wollte nicht wiederkommen. Er hatte sich mit Konserven aus unserem Vorratskeller versorgt. Das war es, was Mama so geschockt hatte, als sie die Dose fand.

Wo konnte Philipp sein? Er ging nicht mehr zur Schule. Er hatte nichts zu essen und bestimmt auch kein Geld. Er hatte doch nie Geld. Ich überlegte, ob ich ihm eine Decke, seine Lieblingsjeans und unsere Angel in den Vorratskeller legen sollte. Vielleicht auch unser kleines Indianerzelt.

Aber auf einmal kam mir dieser Indianerkram albern vor. Das war doch alles nur Spiel gewesen, als wir noch kleiner waren. Philipp brauchte keine Angel. Wir hatten nie einen Fisch damit gefangen, der groß genug war, um davon satt zu werden. Auch das Angeln war nur Spiel gewesen. Und unser Indianerzelt war so etwas Ähnliches wie eine Puppenstube, ganz klein und nachgemacht. Es flog bei jedem Wind weg und hielt auch keinen Regen ab.

Ich saß in meinem Zimmer und wusste auf einmal, dass ich nicht mehr Winnetous Schwester sein wollte. Ich war Philipps Schwester. Und Philipp hatte schon lange keine Indianerträume mehr.

»Kinderkram«, sagte ich laut. »Kinderkram.«

Ich zog den edlen Winnetou von der Wand und klebte dafür ein anderes Poster an, mit einem großen, schönen Baum und einer Herde Zebras darunter. Mein Zimmer wirkte gleich ganz verändert. Anschließend ging ich zu

Sonja. Ich habe Mama gar nicht erst gefragt. Ich bin einfach gegangen.

Papa kriegte nun doch die Sache mit dem Kellerfenster mit. Wahrscheinlich, weil Mama ihm die Erbsendose gezeigt hatte. Ich hörte, wie meine Eltern mal wieder ganz verschiedener Meinung waren.

»Wir können ihn doch nicht verhungern lassen«, sagte Mama mit Nachdruck. »Im Gegenteil, wir müssen ihm sogar zu verstehen geben, dass wir ihm helfen wollen. Er braucht Hilfe! Siehst du das denn nicht ein?«

»Christa, mach dir nichts vor«, hielt der Papa dagegen. »Er muss freiwillig zurückkommen. Und zwar durch die Haustür. Es muss ihm erst so schlecht gehen, dass er gar nicht mehr anders kann, als wieder nach Hause zu kommen. Außerdem holt er sich nicht nur Gemüse, er bedient sich auch von dem Wein. Es fehlen etliche Flaschen. Eigentlich müssten wir zur Polizei gehen und unseren Sohn wegen Diebstahl anzeigen.«

Mama schnappte hörbar nach Luft. »Paul, das werden wir nicht tun«, schrie sie. »Wir müssen ihm helfen. Glaubst du vielleicht, die Polizei hilft ihm?«

»Bestimmt nicht. Die sind ja nicht mal fähig, ihn zu finden«, donnerte Papa los. »Es ist unglaublich. Wieso verschwindet ein vierzehnjähriger Ausreißer, und niemand macht sich die Mühe, ihn zu den Eltern zurückzubringen? Ja, wo leben wir denn?«

»Ich weiß es auch nicht«, sagte Mama bekümmert. »Finde du ihn doch!«

»Sonst noch was? Wie stellst du dir das vor? Soll ich Nachtwachen abhalten da unten im Keller?«

So ging das endlos weiter. Mama weinte und Papa trank seine Schlückchen. Mama und ich wollten das Kellerfenster nachts offen lassen. Papa wollte es unbedingt verriegeln.

Jeden Abend, bevor ich ins Bett ging, huschte ich in den Keller und öffnete das Fenster. Jeden Abend verschloss es Papa wieder.

»So kann das nicht weitergehen.« Das war das Einzige, worüber Papa und Mama sich einig waren. Aber es ging so weiter. Philipp blieb verschwunden.

Er war nun schon drei Wochen fort. Ich lag im Bett und konnte nicht einschlafen. Der Wind klatschte Regen gegen mein Fenster und ein Gewitter kam drohend näher. Ich fühlte mich geschützt unter meiner Bettdecke. Ob Philipp sich auch irgendwo einkuscheln konnte?

Ich werde ihn suchen, dachte ich plötzlich. Einen Augenblick wunderte ich mich, dass mir der Gedanke nicht schon früher gekommen war. Aber sofort meldeten sich auch Zweifel und Angst. Wenn die Polizei ihn nicht fand und meine Eltern nicht, wenn die Lehrer keine Ahnung hatten und Lana auch keinen Rat wusste, wie sollte dann ausgerechnet ich herausfinden, wo Philipp steckte?

Nele, du bist neun Jahre alt, sagte ich zu mir selbst. Kinder können nur den lieben Gott bitten, dass er ein Wunder geschehen lässt. Der liebe Gott hat bisher aber nichts getan. Wer weiß, wann der mal Zeit hat. Und die Polizei ist doof. Mama dreht durch. Ich muss ihn finden.

Der Gedanke ließ mich auch am nächsten Morgen nicht los. Ich saß in der Schule und überlegte, wo ich am besten mit der Suche beginnen sollte. Eine wirklich gute Idee kam mir leider nicht, obwohl ich an nichts anderes mehr dachte. Mein Kopf wurde schwer. Ich stützte ihn in beide Hände und starrte auf den Rücken von Janis, der vor mir saß.

Da drang eine Stimme an mein Ohr. »Nun trau dich mal. Versuch es einfach!«

»Tu ich doch!«, rief ich laut.

Alle in der Klasse lachten.

»Cornelia, du bist jetzt nicht dran.« Frau Borger sah mich tadelnd an. »Sei nicht so vorlaut.«

Ich wollte gar nicht vorlaut sein. Mir war das nur so rausgerutscht. Ich hatte gar nicht gemerkt, dass unsere Lehrerin den Lucas aufgerufen hatte, der sich nie traut, aus dem Lesebuch vorzulesen.

Sonja stieß mich an und grinste. Immer, wenn ich mal frech bin, findet sie das prima.

Weil ich keinen Geistesblitz hatte, fing ich einfach in der Schule mit der Suche an. In der großen Pause lief ich zum Gymnasium hinüber. Das war für die »Kleinen« verboten. Die »Großen« hatten ihr eigenes Schulgebäude mit Hof.

Natürlich hielt mich auch gleich ein Lehrer an, der Pausenaufsicht hatte. Ich sagte ganz aufgeregt, ich müsse meinem Bruder etwas bestellen. Es sei sehr wichtig. Dann lief ich weiter.

Bei den Büschen, nahe an der Straße, war die heimliche Raucherecke. Das wusste ich von Philipp. Er hatte sich gern hier aufgehalten, obwohl er nicht rauchte. Aber er mochte die Durchhänger, die sich hier trafen. Durchhänger war eine Weile sein Lieblingswort gewesen.

Als ich bei den Büschen ankam, war da ein ziemliches Gedrängel. Ich hatte nicht geahnt, wie viele Raucher es am Gymnasium gab. Ein Mädchen mit riesigen Löchern in ihren Jeans kannte ich ein bisschen. Ich wusste, dass sie in Philipps Klasse ging.

Trotzdem musste ich allen Mut zusammennehmen, um sie anzusprechen. Ich wusste nämlich nicht, wie sie hieß.

Ich stieß sie an. »Hey, du kennst doch den Philipp, meinen Bruder.«

»Na klar doch«, sagte sie. »Hat die Mücke gemacht.«

»Was?« Ich verstand nicht, was sie meinte.

»Schule geschmissen. Was macht er denn jetzt?«, fragte sie.

Ein Junge sagte: »Entziehung, stimmt's? Der war doch voll auf Alk. Ist er in einer Anstalt oder im Krankenhaus?«

»Weg«, sagte ich. »Er ist einfach weg.«

Das Mädchen holte eine Zigarette aus der Brusttasche ihrer Bluse. »Ich hasse die Dinger, aber ich bin total abhängig«, stöhnte sie. »Ehrlich! Heute ist jeder Zweite irgendwie süchtig. Meine Mutter stopft sich mit Schokolade voll. Mein Vater schluckt den ganzen Tag Kopfschmerztabletten, wegen der Verantwortung in seinem Betrieb, und eine Cousine von mir trinkt literweise Kaffee. In unserer Familie sind alle so drauf. Hat mal einer Feuer für mich?«

Sie musste den Mund halten, um die Zigarette anzuzünden. Da sagte ich schnell: »Mein Bruder war oft mit einem zusammen, der dann von der Schule geflogen ist. Ein Älterer, weißt du, wen ich meine?«

Sie zuckte mit den Schultern. »Nicht die Bohne. Wie sieht er denn aus?«

»Wenn ich das wüsste! Philipp hat ihn auf dem Schulklo kennen gelernt. Der Vater von dem hat sich abgesetzt und die Mutter ist durchgedreht oder so was. Der Junge hat mal dem Rektor auf die Schuhe gekotzt und dann haben sie ihn geschmissen.«

Sie zog an der Zigarette. Drei Jungen standen um sie herum.

»Muss ein Supertyp sein«, sagte sie mehr zu den Jungen als zu mir. »Vielleicht der Fritschi? Dem würde ich das zutrauen.«

»Fritschi ist nicht von der Penne geflogen, der ist freiwillig gegangen«, sagte ein Junge, dem eine lila Haarsträhne vor einem Auge hing. »Ich glaube, sie meint Georg Lange. Der war in meiner Parallelklasse, 'ne fiese kleine Ratte. Den habe ich mal beim Klauen erwischt.«

»War der öfter mit meinem Bruder zusammen?«

»Woher soll ich das wissen? Ist mir auch scheißegal.«

»Wo wohnt denn dieser Georg Lange?«

Der mit der lila Strähne verzog das Gesicht, als ob er Zahnschmerzen von meiner Frage gekriegt hätte. »Verschone mich. Mit solchen Fatzkes gebe ich mich nicht ab.«

Er ließ mich stehen. Sie ließen mich alle einfach stehen. Auch das Mädchen aus Philipps Klasse tat so, als hätte ich mich aufgelöst. Philipp war ihr völlig gleichgültig. Sie hatte ihn in ihrer Erinnerung schon abgehakt.

Ich beeilte mich, wieder auf meinen Schulhof zu kommen. Bei uns war die Pause schon zu Ende. Die Zeiten sind etwas unterschiedlich. Georg Lange, dachte ich und rannte, so schnell ich überhaupt konnte. Ganz außer Atem kam ich schließlich in die Klasse gestürzt. Georg Lange. Alles andere war mir egal.

Vielleicht war der Junge, der Philipp das Biertrinken beigebracht hatte, gar nicht dieser Georg. Das musste ich herausfinden. Aber ich konnte ihn fragen, ob er meinen Bruder gesehen hatte, ob er wusste, wo Philipp untergekrochen war. Ich war ganz zuversichtlich, bis mir einfiel, dass ich nicht wusste, wo Georg Lange wohnte.

Auf dem Heimweg von der Schule fragte ich Sonja: »Wenn du einen finden müsstest, und du weißt nicht, wo der wohnt, wie würdest du das machen?«

Sonja sah mich kritisch an. »Philipp?«

»Nein, Georg Lange.«

»Kenne ich den?«, wollte Sonja wissen.

Ich schüttelte den Kopf. »Glaube ich nicht. Ich kenne ihn auch nicht. Aber es kann sein, dass er etwas über Philipp weiß. Ich habe ein bisschen bei den Großen rumgeschnüffelt.«

»Versuch es mit dem Telefonbuch«, schlug Sonja vor.

»Genau das habe ich mir auch gedacht. Hilfst du mir beim Suchen? Ich komme mit den Buchstaben durcheinander«, sagte ich.

Sonja überlegte. »Ich komme auch mit den Buchstaben durcheinander«, sagte sie. »Wir können es aber gemeinsam versuchen.«

Am Nachmittag saßen wir beide über dem dicken Buch mit den schrecklich vielen Namen. Nach einigem Umherirren zwischen den Seiten fanden wir endlich »Lange«. Wir fanden Arno, Bodo, Christoph, Edith, Felicitas, Johann, Karl und noch zwanzig weitere Vornamen. Nur Georg fanden wir nicht.

»Wir sind blöd«, sagte Sonja, »Kinder haben doch keinen eigenen Telefonanschluss. So kommen wir nicht weiter.«

»Doch. Ich rufe alle der Reihe nach an und frage einfach, ob ich Georg sprechen kann. Mal sehen, was die antworten.«

Das fand Sonja spannend. »Leute anrufen, die man nicht kennt, ist irre. Lass mich Arno anrufen. Wir wechseln uns ab. Ich fange an.« Sonja konnte sich kaum bremsen.

Arno Lange war nicht zu Hause. Bodo hatte einen Anrufbeantworter. Bei Christoph meldete sich eine Frau. Sie kannte keinen Georg. Edith hob nicht ab. Felicitas Lange wurde ziemlich böse am anderen Ende der Leitung. »Der Georg ist vor sieben Jahren gestorben. Unverschämtheit!«, polterte sie. »Du bist bestimmt die Tochter von Heinz.«

»Ich bin die Tochter von Paul«, sagte ich und legte auf.

Bei Johann Lange war Sonja wieder dran. Sie fragte höflich, ob sie Georg sprechen dürfte. Johann war schwerhörig. Sonja schrie dreimal »Georg!«. Aber er verstand sie trotzdem nicht. Stattdessen brüllte er »Liesbeth« ins Telefon, so laut, dass ich es auch hören konnte. »Liesbeth, bist du's?«

»Nein, Opa!«, schrie Sonja zurück »Mach dir einen schönen Nachmittag.« Dann legte sie auf.

Wir kamen Georg Lange nicht auf die Spur und gaben schließlich auf. Die meisten Leute hatten ihren Anrufbeantworter eingeschaltet und den konnten wir nicht fragen.

Zuerst war ich enttäuscht. Am Morgen noch hatte ich mich als Superspürnase gefühlt. Aber Georg Lange war die falsche Fährte. Ich musste mir etwas anderes einfallen lassen.

Trotz meiner Enttäuschung fühlte ich mich gut, weil ich nicht mehr nur traurig zu Hause herumsaß. Warten, immer nur warten, davon kriegt man einen Rappel und dreht irgendwann durch. Jetzt kam ich mir nicht mehr so hilflos vor. Tief in mir drin hatte es einen Ruck gegeben.

Auch Mama hatte sich verändert, seit Philipp abgehauen war. Oder kam mir das nur so vor? Mama fuhr in ihre Schule. Wie immer. Sie stöhnte über die Kinder, denen sie alles fünfmal erklären musste. Sie zog sich ins Wohnzimmer zurück, um auf dem Kopf zu stehen. Sie hatte keine Zeit. Wie immer.

Aber sie schloss die Wohnzimmertür nicht mehr ab, wenn sie sich zur Entspannung verrenkte. Sie bestand nicht mehr darauf, dass ich mit ihr zur Sparkasse, zur Post und überallhin trabte. Ich durfte wieder mit Sonja spielen, so oft ich wollte. Das waren nur kleine Veränderungen. Aber es gab auch große. Mama und ich redeten anders miteinander. Wir gingen anders miteinander um. Vielleicht hatte es in uns beiden einen Ruck gegeben.

Neulich, als Papa wieder einmal nicht zum Abendessen kam, sagte Mama nicht wie sonst: »Er hat so viel Arbeit, er kommt erst spät in der Nacht.« Sie sagte: »Komm, Nele, wir haben lange genug gewartet.«

Wir gingen zusammen in die Küche und holten uns die leckersten Sachen aus dem Kühlschrank. Wir aßen und redeten dabei über Philipp, über Papa und über unsere Angst. Es kann nämlich sein, dass Papa eines Nachts gar nicht mehr nach Hause kommt.

»Wir haben eine Ehekrise«, sagte Mama leise.

»Und eine Philippkrise«, fügte ich ebenso leise hinzu.

Mama presste die Lippen fest aufeinander. Sie konnte nicht von ihrem Butterbrot abbeißen, weil ihr die Tränen den Hals zuschnürten. Ihre Hand zitterte. Ich hielt sie fest und sagte: »Du, Mama, weißt du was? Eine Nele-Christa-Krise haben wir nicht.«

Da musste sie lachen.

Nach dem Abendessen, als ich schon im Schlafanzug war, kroch ich neben sie auf das Sofa. Wir guckten Fernsehen zusammen. Der Film war noch nicht ganz zu Ende, da drehte sich ein Schlüssel in der Haustür. Papa kam heim.

»Na, noch nicht im Bett?«, fragte er verwundert.

»Nee!«, antwortete ich und ließ mich nicht weiter stören.

»Kann ich ein Spiegelei haben?«, fragte Papa.

»Wenn du es dir selber brätst, kannst du es haben«, sagte Mama. Sie wollte sich auch nicht weiter stören lassen.

Statt in die Küche ging Papa aber zu seiner Hausbar. Er goss sich so was Goldenes ein und schwenkte es im Glas hin und her. Dabei ließ er uns nicht aus den Augen.

»Soll das heißen, dass du mir kein Abendbrot machst?«, fragte er nach einer Weile. Seine Stimme klang gereizt, aber auch ein bisschen erstaunt.

»Wir haben schon gegessen«, antwortete Mama. »Wenn du jetzt noch etwas willst, musst du dich selber versorgen.«

Das fand ich gut. Schließlich weiß schon jedes Kind, wie man ein Ei in die Pfanne haut, dann wird es Papa wohl auch können.

Aber er war beleidigt. Sein Blick verdüsterte sich. »Neue Sitten, was?«

Mama ließ sich nicht aus der Ruhe bringen. Ich lehnte meinen Kopf an ihren Arm. Nicht nur der Film war an dieser Stelle sehr spannend. Papa muss gefühlt haben, dass Nele und Christa zusammen stark sind. Er ging aus dem Zimmer und nahm die Flasche mit.

Am nächsten Tag, nach der Schule, hatte Mama eine Verabredung in der Stadt.

»Ich weiß noch nicht, wann ich wieder hier bin. Es kann länger dauern«, sagte sie. »Du kommst doch alleine zurecht?«

Das traf sich gut. Ich hatte nämlich auch etwas vor. »Du brauchst dich wirklich nicht zu beeilen«, sagte ich. »Mit wem triffst du dich?«

»Mit einem jungen Mann.« Sie lächelte und tat sehr geheimnisvoll. Aber ich merkte, dass es nur gespielt war.

»Nun sag schon«, drängte ich. »Kennt er Philipp?«

Mama wurde wieder ernst. »Das wird sich herausstellen. Er ist vom Sozialdienst und betreut Straßenkinder, Drogenabhängige und …« Mama hatte immer noch Schwierigkeiten, es auszusprechen.

»Und Kinder, die Schnaps trinken«, beendete ich ihren Satz.

»Ja, vielleicht. Ich weiß nicht. Mir ist das alles noch so fremd.« Sie wurde unruhig, stand auf und lief ins Bad.

Mamas Nerven waren sehr dünn geworden. Papa machte sich auch Sorgen deswegen. Ich glaube, er hatte Mama noch lieb, trotz der Tussi. Eltern sind wirklich schwierig zu verstehen! Manchmal saß Papa-Paul mit Mama-Christa auf dem Sofa. Sie zankten nicht. Er reichte ihr sein Taschentuch, wenn sie weinte. Sie hielt seine Hand. Es sah aus wie bei einem Liebesfilm im Fernsehen. Aber dann kam er abends erst Stunden später als gewöhnlich nach Hause und war auch noch sauer, weil Mama ihn nicht bediente.

Wenn ich zu spät nach Hause komme, habe ich immer ein schlechtes Gewissen. Haben Väter auch so was? Bei Papa war ich mir nicht sicher.

Mama fuhr also zu ihrer Verabredung. Kaum war sie fort, düste ich in den Keller und holte mein Fahrrad. Ich wollte zu dem grauen Haus. Philipp hatte dort einen Kumpel. Er hatte den geklauten Alkohol von der Gartenparty an diesen Kumpel verscheuert. Leider hatte ich den Typ damals nicht gesehen, aber wenigstens deutlich gehört. Die Stimme würde ich wieder erkennen. Eine fiese Stimme war das gewesen, gemein und hart. Na, wenn schon! Er wird mich nicht gleich fressen, redete ich mir selber zu. Ich musste es ganz oft sagen, denn mir war doch ziemlich mulmig zu Mute. Wie beim Zahnarzt. Aber zu dem ging ich schließlich auch, trotz Wackelknien. Und jetzt war ich unterwegs zu dem Kapito-Typ.

Es war weit bis dahin. Ich war nicht sicher, ob ich den Weg noch richtig in Erinnerung hatte. Aber ich konnte ja fragen. Wir hatten in der Arnoldstraße gewohnt, bevor wir in unser Haus gezogen waren. Und wenn ich erst in der Arnoldstraße war, fand ich auch das graue Haus.

Ich fand es sogar, ohne zu fragen, und darauf war ich stolz. So weit war ich noch nie allein von zu Hause weg gewesen. Mein Fahrrad parkte ich neben zwei Autos, die dort standen. Dann ging ich entschlossen den schmalen Gang seitlich am Haus entlang in den Garten. Die Kellerfenster waren noch immer mit braunen Tüchern zugehängt. Auf der Treppe lag eine platt getretene Bierdose zwischen schrumpeligen Blättern und anderem Abfall. Eine Meise, die ich aufgescheucht hatte, flog laut schimpfend davon. Was so ein kleiner Vogel für ein Geschrei macht! Der konnte es mit jedem Wachhund aufnehmen.

Damals mit Philipp hatte ich mich nur bis hierher getraut. Diesmal musste ich weitergehen. Ich durfte nicht zögern, sonst verließ mich der Mut.

Die Kellertür war nicht verschlossen. Sie quietschte, als ich sie aufschob. Drinnen war es dämmrig und es stand viel Gerümpel herum. Kisten und Möbel waren aufeinander gestapelt, sodass nur ein schmaler Gang frei blieb, der zu einer zweiten Tür führte.

Nun sank mir doch der Mut. Meine Füße klebten am Boden. Die Tür hinter mir führte nach draußen. Ich konnte weglaufen. Die Tür vor mir führte tiefer in dieses fremde Haus. Ich wusste nicht, was mich dahinter erwartete. Es war unheimlich. Und je länger ich zögerte, umso unheimlicher wurde es.

Philipp, dachte ich verzweifelt, wenn du da drin bist, dann hilf mir jetzt. Die Gedanken dröhnten in meinem Kopf und rauschten in meinen Ohren. Oder es war mein Herz, das wie verrückt dröhnte und rauschte. Ich ging weiter, legte die Hand auf die Türklinke, drückte sie runter und öffnete die Tür. Dahinter lag ein Kellergang, ähnlich wie in unserem Haus. Ich sah die Treppe, die nach oben führte, und rechts von mir eine weitere Tür, über der eine grüne Glühbirne an- und ausging. Langsam und gleichmäßig zuckte das grüne Licht, an und aus, an und aus.

Das war der Raum, in den ich hinein musste. Er lag da, wo die zugehängten Fenster waren. Ich ließ die zweite Tür weit offen, genau wie die Außentür, durch die ich eingedrungen war. Ich blickte noch einmal kurz zurück. Hinter dem Dunkel lag der helle Garten. Die Meise hatte aufgehört zu schreien.

Ich weiß nicht, was ich erwartet hatte hinter dieser dritten Tür. Der Raum war leer. Ich meine, es war niemand drin. Und das war wohl das Einzige, was ich nicht erwartet hatte. Ich konnte es nicht fassen. All die Aufregung für nichts?

Der Raum war eingerichtet mit einem Sofa, zwei Sesseln und einem Tisch davor. In einer Ecke stand eine Liege, auf der Schlafsäcke und Decken zusammengeknubbelt waren. Ein Kühlschrank brummte. Ein Regal an der Wand war voll gestopft mit Geschirr, Dosen, Gläsern, Schachteln und Tüchern, alles wild durcheinander. Daneben türmten sich Kisten mit leeren Flaschen. Lana hätte hier einen Aufräumkoller gekriegt. Was ich von außen für braune Tücher gehalten hatte, waren Decken.

Hier hauste jemand. Das war klar. Aber dieser Jemand war nicht zu Hause und Philipp war auch nicht hier. Es war wohl besser, so unauffällig zu verschwinden, wie ich mich hereingeschlichen hatte. Ich konnte mir immer noch überlegen, ob ich wiederkommen wollte. Vielleicht am nächsten Sonntag. Mit Philipp war ich auch an einem Sonntag hier gewesen.

Ich drehte mich um, schoss auf die Tür zu, und dann war alles zu Ende. Die Tür war versperrt von einem Kerl, der mit seinem Körper den Türrahmen ausfüllte. Es war unmöglich, an ihm vorbeizukommen. Ich saß in der Falle.

Mein Hals wurde eng und meine Brust verkrampfte sich. Ich bekam nur mühsam Luft. »Könnte sein, dass ich gleich umfalle, wenn du mich nicht rauslässt«, presste ich hervor.

Das beeindruckte den Kerl überhaupt nicht. »Was tust du hier? Los, raus mit der Sprache!«

»Ich suche meinen Bruder Philipp. Hast du ihn gesehen?«

»Scheiße!« Er fing an zu fluchen. »Glaubst du, ich verstecke kleine Jungens?«

»Nein, nicht verstecken«, verbesserte ich ihn. »Außerdem ist mein Bruder nicht klein. Er ist schon vierzehn. Vor ein paar Wochen hat er dir zwei Flaschen Schnaps oder so was verkauft. Erinnerst du dich? Kann doch sein, dass du weißt, wo er jetzt steckt. Er ist nämlich durchgebrannt.«

Er gab die Tür frei, kam aber auf mich zu. Ich wich ein paar Schritte zurück und suchte hinter dem Tisch Schutz. »Die Türen waren alle offen«, verteidigte ich mich. »Ist das etwa meine Schuld, wenn hier jeder einfach rein kann?«

»Raus!«, zischte er durch die Zähne. »Verschwinde und lass dich hier nie wieder blicken.«

»Ich gehe ja schon«, sagte ich schnell und quetschte mich an ihm vorbei zur Tür. »Aber ich sage es meinen Eltern und die gehen zur Polizei. Weil die Polizei nämlich auch nach Philipp sucht. Dann musst du antworten.«

Ehe ich den Gerümpelkeller mit der Tür ins Freie erreicht hatte, war er hinter mir. Er packte mich am Arm und zerrte mich zurück.

»Au! Lass mich los!« Ich versuchte ihn zu kratzen. »Du tust mir weh und ich kriege kaum noch Luft. Wenn ich mich jetzt aufrege, bist du schuld, weil ich dann ersticke.«

Er ließ mich los. Er merkte, wie ich nach Atem rang. Aber er machte einfach die Tür hinter sich zu. »Setz dich dahin. Mach schon!«, befahl er.

Das klang alles andere als freundlich. Ich hockte mich auf eine Sesselkante. Er stand vor mir, groß wie ein Riese.

»Nun hör mir mal zu, du Wurm«, zischte er durch die Zähne. »Du wagst es nicht noch einmal, hier aufzutauchen. Sonst mache ich mit dir, was man mit einem Wurm macht. Dieser Arsch von deinem Bruder ist niemals hier gewesen. Ich kenne keinen Philipp. Kapito?«

»Ja«, presste ich hervor. »Wenn ich wüsste, wo er ist, wäre ich gar nicht gekommen. Aber wenn ihn die Polizei doch überall sucht! Was kann ich denn dafür?«

»Du hältst die Klappe!«

»Mach ich. Kann ich jetzt gehen?«

»Nein.« Er musterte mich mit schmalen Augen. »Wer weiß außer dir noch, dass dein minderjähriger Bruder mir Alk gebracht hat?«

»Keiner.«

»Deine Eltern?«

Ich schüttelte den Kopf. »Glaubst du, Philipp ist so dämlich und erzählt ihnen das?«

Er starrte mich an, dass es kaum auszuhalten war. Vielleicht bildete er sich ein, ich würde mich wirklich unter seinem Blick in einen Wurm verwandeln. »Ich kann deinen Bruder fertig machen, sodass du ihn nicht wieder erkennst. Willst du das?«

Ich schüttelte nur den Kopf, ohne ihn anzusehen.

»Es liegt bei dir. Wenn hier jemals ein Bulle auftaucht …« Er ließ Luft und Spucke durch die Zähne zischen. Dann stapfte er zur Tür. »Mir kann keiner was beweisen, kapito? Ich gebe dir jetzt eine Menge Zeit, darüber nachzudenken, wie blöd es von dir war, hierher zu kommen. Man kann diese Tür nämlich auch abschließen.«

Er zog einen Schlüsselbund aus der Hosentasche, grinste und schloss mich ein.

So ein Idiot! Ich blickte zu den Fenstern. Sie waren von außen nicht vergittert. Es war eine Kleinigkeit hinauszuklettern. Aber mein Luftmangel war so beängstigend, dass ich nicht aufstand. Jedenfalls nicht sofort.

Der Kerl hatte was ausgefressen. Deshalb hatte er Angst vor der Polizei. Und vor mir! Es ging mir gleich besser bei diesem Gedanken. Nele, du bist super, redete ich mir selber zu. Du kannst dich ruhig entspannen. Ehe der Kerl wiederkommt, bist du über alle Berge. Meine Aufregung ließ ein wenig nach, und ich spürte, wie sich meine Brust und mein Hals langsam entkrampften.

Ich stieg auf das Sofa, das vor einem der beiden Fenster stand. Der Griff ließ sich nur schwer drehen, das Fenster klemmte etwas, und die Decke davor war auch hinderlich. Endlich hatte ich das Fenster so weit aufgeschoben, dass ich mich hindurchzwängen konnte. Fast hätte ich es auch geschafft, wenn nicht in diesem Augenblick ein Junge und ein Mädchen um die Hausecke gebogen wären.

Das Mädchen sah mich sofort. »He, guck mal!«, sagte sie. »Macht'n die da?«

Der Junge starrte mich an. Er hatte eine Frisur wie ein Hahnenkamm. Seitlich am Kopf war er kahl rasiert. Durch eine Augenbraue war ein Ring gezogen. Das Mädchen hatte einen Ring in der Nase und Haare, die wie Stacheln vom Kopf abstanden. Einige Stacheln waren rosa, andere blond, aber die meisten waren schwarz wie Teer. Sie trug einen ganz kurzen, schwarzen Minirock, schwarze Strumpfhosen und derbe Stiefel.

Der Junge hatte auch solche derben Stiefel an. Vier Beine standen vor meinem Gesicht wie ein Gitter.

Ich ließ das Fenster los, das von dem Gewicht der Decke wieder zugedrückt wurde. Die zwei kamen durch den Keller, rüttelten an der verschlossenen Tür und traten dagegen.

Kurz darauf erschien Kapito und schloss auf. »Hast du schon wieder 'ne neue Punkerbraut?«, fragte er den Jungen.

»Wer is die da?«, fragte das Mädchen und zeigte mit ausgestrecktem Finger auf mich.

Kapito fluchte und zischte irgendwas. Ob das Mädchen ihn verstand, war mir nicht klar. In meinen Ohren war es Wortsalat.

Erst jetzt merkte ich, dass er einen Sprachfehler hatte. Das Zischen, das so wütend klang, hatte er auch in der Unterhaltung mit den beiden.

Der Junge war sechzehn oder siebzehn. Auch das Mädchen mochte ungefähr so alt sein. Kapito war bestimmt schon über zwanzig. Aber neben dem Jungen wirkte er schmächtig. Eben noch war er mir wie ein Riese vorgekommen, der den Türrahmen ausfüllte. Aber jetzt sah ich, dass ich ihn in meiner Angst viel größer und gefährlicher gesehen hatte, als er wirklich war. Viper nannten ihn die beiden. Wahrscheinlich, weil er so zischte wie eine Schlange.

Ich hatte große Mühe zu verstehen, was da abging. Manchmal verdrehten sie Wörter oder gebrauchten Ausdrücke, die ich noch nie gehört hatte. Sie benahmen sich anders als die Jungen und Mädchen, die ich kannte. Sie sprachen anders, sie gingen anders miteinander um. Sie waren anders.

Der Junge suchte etwas. Er riss die Kühlschranktür auf, knallte sie aber gleich wieder zu. Kapito zeigte ihm einen Vogel. Dann wühlten beide in dem Regal. Das

Mädchen griff sich einen von den Schlafsäcken, die auf der Liege lagen. Alle drei redeten dabei, ohne sich anzusehen. Sie schienen nie zu antworten, nur einfach draufloszuquatschen.

Ganz plötzlich war irgendwas zu Ende. Keine Ahnung, was. Aber das Mädchen drängelte sich gleichzeitig mit dem Jungen durch die Tür.

»Hau ab!«, hörte ich Kapitos Stimme in meinem Rücken.

Das Mädchen hatte den Schlafsack fallen lassen bei dem Gerangel. Als sie ihn wieder aufhob, schnitt sie mir eine Grimasse. »Haste Dreck in die Ohren?«, fragte sie.

Erst da begriff ich, dass Kapito mich gemeint hatte, dass ich endlich hier raus durfte. Er fluchte und drohte noch hinter mir her, aber da war ich schon in den anderen Kellerräumen. Ich hielt mich dicht hinter dem Mädchen. Sie kam mir auf einmal wie eine Verbündete vor.

»He, kennst du vielleicht meinen Bruder? Philipp! Er ist irgendwo untergetaucht.« Ich versuchte es einfach. Wir waren inzwischen im Garten.

»Ich würde meinen Bruder nicht suchen. War 'n Miststück. Hat sich weggemacht, schon lange.«

»Philipp ist auch schon lange weg«, sagte ich. »Mehr als drei Wochen.«

Sie sah mich mitleidig von der Seite an. »Mein Bruder ist das erste Mal weg, als er acht war, und dann immer wieder. Mit dreizehn hab ich ihn das letzte Mal gesehen. Das war vor zehn Jahren oder 'ner Ewigkeit.«

»Und er ist nie ... nie mehr wiedergekommen?«

»Haste mal 'ne Mark?«

Ich war neben meinem Fahrrad stehen geblieben. Sie schob den Schlafsack unter einen Arm und streckte mir eine Hand entgegen.

Der Junge schubste sie von hinten. »Mach hier nich rum. Die hat nix«, sagte er.

Sie ließ sich schubsen und ging einfach los. Ich glaube, sie hatte keine Richtung. Es war ihr egal, wohin sie unterwegs war.

Fassungslos stand ich neben meinem Fahrrad und sah den beiden nach. »Zehn Jahre oder 'ne Ewigkeit«, hatte sie gesagt.

Langsam schob ich mein Fahrrad über den Bürgersteig. Die beiden gingen ein Stück vor mir in dieselbe Richtung. Leute, die ihnen entgegenkamen, wichen aus. Manche musterten sie unauffällig oder ganz dreist, aber die meisten übersahen sie einfach.

Ich folgte ihnen bis zur Ecke Arnoldstraße/Reiterweg. Hier musste ich abbiegen. Die beiden gingen geradeaus weiter. Ich sah ihnen noch immer nach.

Jemand rempelte mich an. »Du kannst hier nicht mit deinem Fahrrad stehen bleiben. Da kommt ja keiner mehr vorbei.«

All die Menschen! In meiner Brust war es so eng und um mich herum auch. Ich überquerte die Straße, ging einfach weiter im Strom der anderen.

Nach einer Weile kam ich zu einem Platz, den ich nicht kannte. In der Mitte standen Betonkübel, die mit Sträuchern und Blumen bepflanzt waren. Autos konnten hier nicht durchfahren. Rund um den Platz waren kleine Läden, ein türkisches Restaurant, daneben eine Nähstube. Vielleicht war das hier ein Marktplatz. Aber im Augenblick waren keine Stände und Buden aufgebaut.

Das Mädchen legte den Schlafsack auf den Rand eines der Betonkübel und setzte sich darauf. Zwei Schäferhunde kamen angelaufen und schnupperten an ihr herum. Sie ließ es geschehen. Der Junge setzte sich auf die Erde zu anderen, die aussahen wie er selbst, zerlumpt, fast alle in schwarzen Klamotten, mit buntsträhnigen Haaren, Eisenketten um die Hüften geschlungen oder schrillen Farbklecksen auf ihren Lederjacken. Sie hatten Hunde bei sich und zahme Ratten. Ich hatte noch nie eine zahme Ratte gesehen.

Die Punker saßen oder standen um die Betonkübel herum, tranken aus Dosen, manche rauchten. Einer lag wie tot in den Blumen. Ihre Hunde liefen zwischen ihnen hin und her. Sie bellten nicht, stritten nicht untereinander und nahmen keine Notiz von Fußgängern, die dort vorbeigingen. Es waren struppige Hunde, struppig wie die Jugendlichen, zu denen sie gehörten.

Ob die alle irgendwann von zu Hause abgehauen waren?, überlegte ich. Sie sahen nicht aus wie Jugendliche, um die sich jemand kümmerte oder die noch zur Schule gingen. War es möglich, dass es Kinder gab, die kein Mensch lieb hatte, nach denen niemand suchte?

Mir wurde kalt. Es war windig geworden. Zu Hause wartete Mama bestimmt schon auf mich. Ich nahm mein Fahrrad wieder und drehte um. Langsam fuhr ich zurück zur Arnoldstraße, bog ab und machte mich auf den Heimweg.

Mama stand im Wohnzimmer am Fenster, als ich hereinkam. Sie zupfte welke Blätter von den Topfpflanzen und goss sie. Sie machte das gründlich und nachdenklich. Aber dann zupfte sie auch eine Knospe ab, und ich merkte, dass sie in ihren Gedanken weit weg war.

»Wie war es mit dem jungen Mann?«, fragte ich.

»Ach, nun ja, es war nicht zu erwarten, dass er Philipp kennt«, murmelte sie.

»Warum nicht?«

»Er hat gesagt, dass Philipp längst in einer anderen Stadt sein kann. Es soll an die vierzigtausend Jugendliche geben, die wie er …« Sie brach ab, zupfte wieder an den Blumen und sah dabei aus dem Fenster.

»Ich war in der Arnoldstraße«, sagte ich.

Mama wandte mir ihr Gesicht zu. »Allein? Was hast du da gemacht?«

»Hab jemanden besucht.«

»Aber da musstest du durch die halbe Stadt fahren. Bei dem Verkehr! Wen hast du besucht?«

»Nun schimpf bitte nicht. Ich kann das schon. Du siehst doch, dass ich noch lebe.«

Mama ließ die Blumen in Ruhe. Sie kam auf mich zu und legte die Arme um mich. Ich konnte fühlen, wie heftig ihr Herz klopfte. »Nele, um Gottes willen, was hast du in der Arnoldstraße zu suchen?«

»Philipp hat da in der Nähe einen Kumpel. Ich hab mich bei ihm ein bisschen umgehört.«

»Ist das auch so einer?«, fragte sie entsetzt.

»Na ja, irgendwie schon. Ich weiß zwar nicht genau, was du mit ›so einer‹ meinst. Jedenfalls ist es kein Freund, auch kein Mitschüler aus Philipps Klasse. Er ist schon ein Mann.«

»Und du kennst ihn?« Mama starrte mich an, als hätte ich mich vor ihren Augen in ein kleines, grünes Marsmännchen verwandelt.

»Also, Mama, jetzt sag bloß nicht wieder, ich sei noch zu klein oder so was. Ich kann schon auf mich aufpassen.

Außerdem weißt du lange nicht alles von Philipp, was ich weiß.«

»Ich muss mich setzen.« Sie ließ mich los und sank in den Sessel, der neben ihr stand.

Vielleicht hätte ich doch besser die Klappe gehalten. Mama konnte einfach keine Aufregung mehr ertragen. Dabei wollte ich sie gar nicht erschrecken. Ich hatte gehofft, dass sie mich lobte und stolz auf mich war, weil ich schon so weit allein mit dem Fahrrad fahren konnte und auch nach Philipp suchte. Aber Mama schien nur noch aus Angst zu bestehen.

»Du hättest es am liebsten, wenn ich wie der Quietschi im Käfig säße, abgeschirmt von allen Gefahren der Welt«, murmelte ich bedrückt. »Das halte ich nicht aus. Deshalb habe ich gar nicht erst gefragt. Ich hab es einfach gemacht. Aber jetzt sage ich es dir, weil ich nicht will, dass wir so oft Geheimnisse voreinander haben.«

Mama saß stumm da, ohne sich zu rühren. Sie sah mich nicht einmal an.

Und da brach es aus mir heraus. »Jeder von uns lügt. Philipp hat mir oft etwas zugeflüstert, was Papa und du nicht wissen durften. Du hast gesagt, dass Papa immer so viel Arbeit hätte. Aber wir wussten längst, was los ist. Lana hat dauernd Geld in der Haushaltskasse gefehlt. Du hast so getan, als hättest du keine Ahnung, wer sich das Geld genommen hat. Papa hat seine Schlückchen getrunken, meistens, wenn wir nicht im Zimmer waren. Glaubst du, wir hätten das nicht mitgekriegt? Als Philipp ihm vorgeworfen hat, dass er jeden Abend an seine Hausbar geht, hat Papa gebrüllt, das sei eine bodenlose Frechheit und eine Lüge. Er hat Philipp geschlagen. Ich habe alles gehört und gesehen. Es war so schrecklich. Philipp hat dann auch gelogen. Immer häufiger. Und ich auch.«

Mama legte die Hände vor ihr Gesicht. Sie saß lange so da, ohne etwas zu sagen.

»Können wir damit nicht aufhören?«, fragte ich leise. »Lass es uns wenigstens versuchen.«

Langsam ließ Mama die Hände sinken. Ich stand dicht vor ihr. Sie zog mich auf ihren Schoß. Wir kuschelten uns aneinander und blieben still sitzen. Mama hat mir keine Antwort gegeben. Aber ich habe gemerkt, dass sie nicht böse auf mich war.

An diesem Abend konnte ich nicht gleich einschlafen. Es war lange hell draußen. Über meinem Bett bewegten sich kleine Segelschiffe an einem Mobile, das dort hing. Ich dachte an Philipp, wie so oft. Seit er fort war, hatte sich einiges bei uns geändert, obwohl äußerlich alles gleich geblieben war. Es war wie bei dem Mobile über meinem Bett. Wenn man ein Schiffchen anstieß, kamen alle anderen auch in Bewegung. Philipp hatte uns in Bewegung gebracht.

Als ich am nächsten Tag aus der Schule heimkam, machte mir Lana die Tür auf. Eigentlich hätte sie längst fort sein müssen.

»Ist heute Freitag?«, fragte ich verwundert, obwohl ich genau wusste, dass Dienstag war.

Lana schüttelte den Kopf. Sie sah sehr besorgt aus.

Da fuhr mir ein Stich in die Brust. »Philipp?« Ich wollte an ihr vorbeistürmen, doch Lana stellte sich mir in den Weg und hielt mich fest.

»Langsam, Nele, langsam. Komm mit in die Küche. Ich muss mit dir reden.«

Ich hatte noch den Ranzen auf dem Rücken und meine Jacke an. Lana schob mich in die Küche und machte die Tür zu. »Deine Mama liegt im Bett. Sie schläft. Mach keinen Krach, damit sie nicht gleich wieder aufwacht.«

Verständnislos sah ich zu Lana auf. »Wieso liegt Mama im Bett und schläft? Ist sie krank?«

»Sie hatte einen Unfall«, fuhr Lana fast flüsternd fort. »Ihr Auto ist Schrott, aber sie selbst hat Glück gehabt. Dein Papa hat sie vom Unfallort abgeholt. Eben war ein Doktor hier und hat ihr eine Spritze gegeben. Sie ist ganz durcheinander und hat einen Schock.«

»Mama!« Ein fürchterlicher Schreck durchfuhr mich. Ich wollte zu ihr. Sofort. Ich musste sie sehen, mich selbst überzeugen, dass sie da war, dass sie heil war, nicht schwer verletzt, nicht tot.

Lana wurde energisch. »Du gehst nicht zu ihr. Zieh deine Schuhe und die Jacke aus. Aber sei dabei leise und dann komm zum Essen.«

»Ich will nichts essen. Wo ist Papa?«

»Er muss noch etwas erledigen, kommt aber gleich wieder.«

»So schlimm ist es, dass Papa sich freinimmt? Lana, du lügst. Die Mama ist tot!«

»Nele, spinn hier nicht rum! Deine Mama hat einen Schock und sie schläft. Genauso ist es und kein bisschen anders.«

Sie drückte mich auf einen Küchenstuhl und erzählte von dem Unfall. Irgendwas war mit der Vorfahrt. Ich hörte die Worte und kapierte gar nichts.

Lana nahm mir den Schulranzen vom Rücken. Dabei wuschelte sie durch meine Haare. Sie gab mir ein Glas Saft zu trinken. Aber ich wusste nicht einmal, ob ich Durst hatte. Da ging die Küchentür auf und Papa kam herein. Als ich ihn sah, konnte ich die Tränen nicht mehr zurückhalten. Papa zu Hause, an einem Dienstagmittag! Das war wie Weltuntergang, wie Familienuntergang.

Papa zog sein Taschentuch aus der Hosentasche und wischte mir damit die Tränen ab. Ich konnte das Gerubbel nicht leiden und drehte mein Gesicht zur Seite.

Wir setzten uns an den Küchentisch. Lana stellte eine Schüssel mit Bohnengemüse und Kartoffeln auf den

Tisch. In der Pfanne auf dem Herd brutzelten Bratwürstchen. Dann verabschiedete Lana sich rasch. Ich war mit Papa allein.

»Komm, fang an zu essen«, sagte er. »Ich habe auch keinen Appetit, aber es muss ja weitergehen.«

»Was muss weitergehen?«

»Der Tag, das Leben, alles.«

Das war eine komische Antwort. Ich konnte nichts damit anfangen. Vor mir auf dem Teller dampfte das Gemüse und das Würstchen glänzte von Fett. Ich mochte keinen Bissen anrühren. Papa kaute und schluckte. Seine Gabel stieß in den Bohnenhaufen, fuhr zum Mund und piekte dann in eine Kartoffel.

»Schmeckt es dir?«, fragte ich.

»Nein«, gab er zu, ohne von seinem Teller aufzublicken.

»Wie geht es denn nun weiter?«, wollte ich nach einer Weile wissen.

»Was?«

»Du hast gesagt, es muss weitergehen, das Leben und all das. Ich verstehe es nicht. Mit dir kann man sich nie richtig unterhalten.«

Nun sah er mich doch an. »Nele, lass uns später reden. Versuch, wenigstens ein paar Happen zu essen. Du bist ohnehin viel zu dünn.«

Ich versuchte es ohne Appetit, ich dachte an Spagetti

mit Tomatensauce, an Himbeereis und Negerküsse. Es half nicht. Da gab ich es auf. »Von Bohnen kriege ich Bauchschmerzen«, behauptete ich.

Papa ging nicht darauf ein. Als er seinen Teller leer gegessen hatte, schob er ihn zurück und stand auf.

»Gehst du jetzt ins Wohnzimmer, weil du ein Schlückchen brauchst?«, fragte ich.

Papa blieb an der Küchentür stehen. Es war ein bisschen bedrohlich, ein bisschen wie bei Kapito. Papa kam mir auf einmal auch riesig vor, wie er da stand und ich zusammengeschrumpft noch immer über meinem Teller hing. Er blickte auf mich herunter mit hochgezogenen Augenbrauen, so, als ob er sich verhört hätte.

»Du brauchst gar nicht so zu gucken«, verteidigte ich mich, ehe er was sagen konnte. »Das machst du ganz oft. Meinst du, ich merke das nicht? Meinst du vielleicht, Philipp hätte es nicht gemerkt?«

»Nele, es ist besser, du steckst deine Nase nicht in Dinge, die dich nichts angehen. Kümmere dich um deine Angelegenheiten«, fuhr mich Papa an.

Für ihn war die Sache damit erledigt, das konnte ich deutlich hören. Aber für mich nicht.

»Was sind denn meine Angelegenheiten? Kannst du mir das mal verraten?«, schrie ich. Ich konnte mich einfach nicht mehr bremsen. »Dass Philipp nicht wiederkommt, ist das meine oder deine Angelegenheit? Dass

Mama einen Unfall hatte und dass wir beide jetzt hier in der Küche sitzen, dass nichts mehr bei uns ist wie früher – Papa, ist das meine oder deine Angelegenheit?«

Er ließ die Türklinke los, kam zurück und setzte sich wieder mir gegenüber an den Küchentisch. »Was willst du von mir?«, fragte er. »Soll ich der böse Vater sein, der an allem schuld ist?«

Ganz so hatte ich das nicht gemeint, aber ein bisschen schon. Ich fühlte, dass Papa gereizt war. Er war oft gereizt in letzter Zeit. Wenn ich jetzt nichts mehr sagte, ging er hinaus, und ich würde nie eine Antwort bekommen. Aber ich wollte endlich eine Antwort haben. Ich musste weiterreden, auch wenn es schwierig war.

»Meine Klassenlehrerin hat gesagt, weglaufen nützt gar nichts«, wich ich aus. »Weil man vor seinen Problemen niemals weglaufen kann. Die hat man in sich und nimmt sie mit, selbst wenn man bis Afrika läuft«, sagte ich.

»Das sind kluge Worte von deiner Klassenlehrerin. Aber was hat das mit mir zu tun?«, fragte Papa. »Worauf willst du eigentlich hinaus?«

»Du kommst oft spät nach Hause und vielleicht bleibt du eines Nachts ganz weg. Erst Philipp, dann du.«

Papa lehnte sich auf seinem Stuhl zurück und sah mich offen an. Er hatte begriffen, was ich mich nicht so recht zu fragen traute. »Nele, du hast dich in den letzten Wochen verändert«, begann er. »Seit Philipp fort ist, bist du selbstständiger geworden. Früher hast du dich oft hinter deinem Bruder versteckt. Es gefällt mir, dass du jetzt mutiger bist. Aber es gibt Grenzen! Und dazu gehört es, dass du dich nicht in Dinge einmischst, die dich nichts angehen. Ich meine damit Frau Bölke, die Assistentin in meinem Labor. Das ist meine Angelegenheit und nicht deine. Ich will nicht mit dir darüber diskutieren.«

»Du sollst nicht auch noch weggehen«, presste ich hervor. »Papa, ich will nicht, dass du die in deinem Labor lieb hast und uns nicht.«

»Nele, du wirst immer meine Tochter bleiben und Philipp mein Sohn. Egal, ob ich mit Mama zusammenlebe oder mit einer anderen Frau. Ihr seid meine Kinder, und natürlich habe ich euch lieb, auch wenn ich nicht so viel Zeit für euch habe, wie du es dir vielleicht wünschst. So lange wir nicht wissen, wo Philipp ist, gehe ich bestimmt nicht fort«, sagte Papa. »Das habe ich Mama versprochen. Ich verspreche es auch dir.«

»Und wenn Philipp zurückkommt? Gehst du dann?«

Papa ließ sich Zeit mit der Antwort. »Das wird sich finden«, sagte er schließlich. »Mama und ich, wir verstehen uns nicht mehr gut. Wir haben uns auseinander gelebt. Das ist nun mal so gekommen, obwohl es keiner von uns gewollt hat. In unserer Ehe gibt es zu viel Spannung.«

»Ist Philipp daran schuld? Oder bin ich es?«

»Nein, Nele. Wie kommst du denn nur darauf?«

»Weil wir irgendwie falsch sind und nicht die Kinder, die du dir gewünscht hast. Wir stören dich, wenn du zu Hause noch arbeiten willst. Wir machen Krach, wenn du müde bist. Wir ärgern dich und spielen nicht mit dir Tennis.«

»Ach, Nele, hör doch auf! Das hat nicht das Geringste mit Mama oder Frau Bölke zu tun.«

»Nein, aber mit der Spannung«, fuhr ich fort. »Du bist nicht mehr gern bei uns. Ich habe es genau gemerkt, wenn die Mama mich zu dir geschickt hat, weil sie keine Zeit hatte. Du hattest auch keine Zeit. Ich war dir im Weg. Manchmal bin ich in mein Zimmer gegangen, habe mich in die dunkle Ecke gezwängt zwischen dem Kleiderschrank und dem Kopfende von meinem Bett und habe mich weggewünscht. Einfach weg. Aber es hat nicht geklappt. Man kann sich nicht wegwünschen. Weißt du, was ich glaube, Papa? Wenn Philipp sich wegknallt, dann ist das auch wie wegwünschen. Aber weil es nicht klappt, ist er schließlich weggelaufen. Jetzt stört er dich nicht mehr.«

»Was redest du für krauses Zeug«, sagte Papa und seufzte. »Ja, ich habe viel zu tun und ein bisschen Freizeit ohne Beruf und Familie möchte ich auch gelegentlich haben. Aber das ist noch lange kein Grund, sich wegzuwünschen oder wegzulaufen. Willst du behaupten, dass

Philipp deshalb heimlich an meine Hausbar gegangen ist?«

»Er hat es so gemacht wie du.«

Das hätte ich nicht sagen dürfen. Papas Ausdruck wurde eisig. Er stand auf. Ohne mir zu antworten, ging er hinaus.

Mama schlief und schlief. Zweimal bin ich an ihr Bett geschlichen. Sie hat sich nicht gerührt. Ganz eingemummelt lag sie unter der Decke. Ich konnte sie atmen hören, sah, wie die Decke sich ein wenig hob und senkte, leicht und gleichmäßig. Mama sah gesund aus, sogar zufrieden. Ich bemerkte nichts, was von einem Unfall herrührte. Kein Verband, keine Beule am Kopf oder Schlimmeres. Das beruhigte mich.

Papa blieb an diesem Nachmittag zu Hause, falls Mama ihn brauchte. Er telefonierte mehrmals mit seinem Labor, hatte den Computer eingeschaltet und breitete beschriebene Blätter um sich herum aus. Die Tür von seinem Arbeitszimmer war nur angelehnt.

Eine Weile sah ich ihm zu. Dann holte ich meine Buntstifte und malte ein Bild. Vorne auf dem Papier war alles blau. Das war unser Baggersee. Rundherum malte ich Bäume und Büsche und in der rechten oberen Ecke eine

Sonne mit langen Strahlen. Als ich keine Lust mehr hatte, ließ ich einen Kopf aus dem Wasser gucken und schrieb in eine Sprechblase: Ich schwimme zu Sonja. Das Bild legte ich auf den Flur, in die Mitte zwischen der Schlafzimmertür und Papas Arbeitszimmer.

Bei Sonja platzte ich gleich mit der schrecklichen Nachricht von Mamas Unfall heraus und dass ich vor Schreck keinen Bissen essen konnte.

»Wäre mir genauso gegangen«, sagte Sonja. »Aber ich habe eine Idee: Wollen wir einen Pudding kochen?«

Das fand ich prima. Inzwischen hatte ich nämlich einen Bärenhunger.

»Also gut. Du rührst die Milch«, ordnete Sonja an, »und ich versuche, aus dem Pulver eine Matsche zu machen.«

»Und dann?«, fragte ich gespannt.

»Wenn die Milch kocht, schütte ich die Matsche rein und – simsalabim – wird ein Pudding draus.«

Zuerst rührte ich die Milch schön langsam. Als sie anfing zu kochen, schüttete Sonja das aufgelöste Pulver hinein. Ich rührte jetzt wie wild, aber der blöde Pudding quoll im Topf hoch, blubberte und spritzte, sodass ich in Deckung gehen musste. Sonja riss den Topf von der Herdplatte und brachte sich auch in Sicherheit.

Genau in dem Augenblick beruhigte sich der Pudding. Er duftete verlockend und zeigte uns damit, dass er fertig war.

Wir kamen wieder hoch. Die Küche sah gesprenkelt aus. Unglaublich, wie der Pudding um sich geschossen hatte! Der Herd hatte dicke Sommersprossen. An der Wand, auf dem Küchenfußboden, überall klebten Puddingkleckse. Und ich hatte auch eine Ladung abbekommen.

»Dem ist es im Topf zu heiß geworden«, sagte Sonja mitfühlend. »Kann man ja verstehen. Bloß, so was steht nie in der Kochanleitung.«

Als wir den abgekühlten Pudding in Schälchen füllten, stellten wir fest, dass eine dicke Schicht am Boden angebrannt war. Es blieb aber noch genug für uns übrig und schmeckte lecker.

Die ganze Zeit, die ich schon bei Sonja war, wollte ich sie etwas fragen. Aber weil es eine schwierige Frage war, hatte ich gezögert. Jetzt, über mein Puddingschüsselchen gebeugt, murmelte ich: »Du, Sonni, wie ist das eigentlich, wenn man seinen Vater nur am Wochenende sieht? Ich stelle mir das schrecklich vor.«

»Man gewöhnt sich dran«, antwortete Sonja und leckte sich die Finger ab. »Manchmal ist es schön, manchmal schrecklich.«

»Spricht dein Papa nie mehr mit deiner Mama? So richtig, meine ich, ohne Zoff und Hass und all das.«

»Das ist ganz unterschiedlich. Zuerst haben sie gar nicht miteinander geredet oder sie haben gebrüllt. Im

Augenblick laufen Friedensverhandlungen. Hast du schon mal gemerkt, dass Eltern ziemlich unberechenbar sind? Dauernd ändert sich was bei ihnen.« Sonja sah mich verwundert an. »Schmeckt dir der Pudding nicht? Du isst gar nicht.«

»Doch, schon, aber …«

Sonja hatte ihr Schälchen fast leer. Ich aß nun auch und versuchte, mit dem süßen Pudding auch den Kloß zu schlucken, der mir in der Kehle saß seit dem Gespräch mit Papa vorhin.

»Wirklich, über Eltern kannst du dich nur wundern«, fuhr Sonja fort. »Vor ein paar Wochen war mein Vater noch ganz verliebt in die Marie-Claire. Aber dann ist sie einfach wieder nach Paris gefahren. Da kommt sie nämlich her. Es hat ihr in unserm Land wohl nicht gefallen. Mein Vater kam zu Besuch und hat es erzählt. Meine Mutter hat ihn getröstet und dann erzählt, dass es dem Erwin bei ihr auch nicht gefallen hat. Da hat mein Vater meine Mutter getröstet. Und anschließend sind wir in ein ganz feines Restaurant zum Essen gegangen. Der Papa hat alles bezahlt.«

»Meinst du, er kommt wieder zu euch zurück?«, fragte ich.

Sonja seufzte. »Keine Ahnung! Man muss auf alles gefasst sein. Ich habe versucht, meinen Vater ein bisschen auszuhorchen. Aber er hat gesagt, er will nur das Kriegsbeil begraben, weil es schließlich noch mich gibt. Und dann hat er mich eingeladen, mit ihm in den großen Ferien nach Griechenland zu fliegen. Er hat dort eine Ferienwohnung gemietet. Eigentlich wollte er mit Marie-Claire Urlaub machen. Aber daraus wird nun nichts und allein hat er keine Lust.«

»Freust du dich?«

Sonja holte tief Luft und seufzte noch mehr. »Ich weiß nicht. Meine Mutter ist dann ganz allein. Sie möchte, dass ich mit ihr verreise.«

»Und was möchtest du?«, fragte ich Sonja.

»Am liebsten mit beiden nach Griechenland. Aber mich fragen sie ja nicht.«

»Bei uns denkt keiner an eine Reise in den großen Ferien«, sagte ich. »Wir warten auf Philipp. Stell dir mal vor, er kommt zurück, und keiner macht ihm die Tür auf.«

»Wollt ihr euer Leben lang auf Philipp warten?«, fragte sie und sah mich groß an. »Vielleicht gefällt es ihm da, wo er jetzt ist. Denk doch mal, keine Schule, kein Zimmer aufräumen, keine Eltern, die einen für sich haben wollen. Ich glaube, es gefällt ihm, sonst wäre er längst wieder da.«

»Du spinnst«, rief ich empört. »Wie kannst du so was sagen! Er hat doch kein Geld, keine Wohnung, nichts hat er. Wenn er nun verhungert?«

»Dann kommt er auch nicht wieder«, sagte Sonja völlig cool.

Mich traf das wie ein Schlag. Eigentlich ist Sonja nicht gemein. Sie redet nur manchmal so schnodderig, ohne sich etwas dabei zu denken. Und jetzt setzte sie noch eins drauf: »Stimmt das etwa nicht?«

Da ging ich auf sie los. Ich konnte mich nicht mehr bremsen. Sonja war so überrascht, dass sie sich nicht gleich wehrte. Sie stieß rückwärts gegen den Tisch. Ihr Puddingschüsselchen fiel auf den Boden und zersprang in tausend Teile. Überall lagen Scherben.

Aber dann griff Sonja mich an. Wir prügelten uns, als wären wir nie Freundinnen gewesen. Plötzlich fühlte ich einen heftigen Schmerz am linken Knöchel. Ich war umgeknickt und in eine Scherbe geraten. Es brannte höllisch und ich ließ von Sonja ab. Blut sickerte aus einer Wunde.

Sonja ging ein paar Schritte zurück und starrte auf meinen Fuß. Langsam bückte sie sich und fing an, die Scherben aufzusammeln. »Ich habe das nicht so gemeint«, murmelte sie. »Warum bist du denn gleich sauer? Jetzt ist alles kaputt. Alles wegen Philipp.«

Ich lief nach Hause, aufgeregt, verzweifelt, ganz durcheinander. Sonja glaubte nicht mehr daran, dass Philipp nach Hause kam. Sonja war es egal, ob er verhungerte. Sie mochte meinen Bruder nicht. Sie merkte nicht einmal, wie unglücklich ich war.

Zu Hause ging ich ins Badezimmer, wusch das Blut von

meinem Fuß und klebte ein Pflaster auf die Wunde. Der Schmerz hatte nachgelassen, dafür tat es innerlich weh.

Alles wegen Philipp, hatte Sonja gesagt. Alles wegen Philipp, hämmerte es in meinem Kopf. Es wurde immer schlimmer.

Auf einmal fühlte ich nur noch Wut. Eine riesengroße Wut. Aber seltsamerweise nicht auf Sonja, sondern auf Philipp. Bisher hatte ich Angst um ihn gehabt. Ich war bereit gewesen, alles zu vergessen, was er getan hatte. Wenn er nur wiederkäme!

Doch wenn er jetzt, in diesem Augenblick, die Straße entlanggekommen wäre, so wie ich es mir tausendmal gewünscht hatte, würde ich ihn nicht jubelnd ins Haus ziehen. Dann würde er meinen ganzen Zorn abkriegen, den ich bei Sonja nicht losgeworden war.

Das Punkermädchen, das ich bei Kapito getroffen hatte, fiel mir wieder ein. Ihr Bruder war abgehauen, sie selber vielleicht auch. Und die anderen Punker mit ihren struppigen Hunden, wo schliefen sie, woher nahmen sie ihr Essen? Zum ersten Mal bekam ich eine Ahnung davon, dass es Menschen gab, die anders lebten als ich, nicht in einem gemütlichen Haus mit Mama, Papa und Lana, die Ordnung machte.

Warum kam Philipp nicht wieder? Ich begriff es einfach nicht. Mama begriff es auch nicht. Aber ich wollte es wissen.

Ich huschte aus dem Badezimmer, ehe Papa überhaupt mitkriegte, dass ich da war. Ich holte mein Fahrrad und düste los. Zu Anfang tat mein Knöchel noch weh, aber schon bald spürte ich ihn nicht mehr. Ich spürte nur den Wind auf meiner Haut und irgendwas tief in mir drin, das zum Zerreißen gespannt war.

Ich fuhr, so schnell ich konnte, hetzte durch die Straßen, ich wollte es loswerden, dieses Ziehen und Reißen, das in mir war.

Auf dem kleinen Platz mit den Blumenkübeln fand ich die Punker. Heute waren es mehr, vielleicht zwanzig oder so. Sie hatten acht Hunde bei sich, das weiß ich genau.

Vor dem türkischen Restaurant, gleich neben der Nähstube, blinkte ein feuerroter Fahrradständer. Ich knallte mein Bike hinein. Mein Herz hämmerte. Ich fühlte das Ziehen und Krampfen in meiner Brust, das mit meiner Atemnot zusammenhing. Aber ich achtete nicht darauf. Ich hatte das Mädchen entdeckt, das ich bei Kapito getroffen hatte. Sie war auch so eine – so eine wie mein Bruder.

Sie saß auf dem Kübel, demselben wie vor einigen Tagen. Sie hatte dieselben Klamotten an und die Hunde liefen um sie herum.

»Hallo, kennst du mich noch?«, redete ich sie an.

Sie blinzelte in meine Richtung, aber ich glaube, sie erkannte mich nicht.

»Wir haben uns bei dem Typ da im Keller gesehen, eh, wie nennt ihr den? Viper, glaube ich.«

Von hinten kam einer, der überall Nieten auf seiner Jacke und Hose hatte. »Haste was verloren hier?«, fragte er.

»Ich will mit der da sprechen«, sagte ich fest.

»Fritte!« Er schüttelte das Mädchen derb an den Schultern.

Sie schob ihn weg und spuckte auf die Straße.

»Fritte ist breit«, sagte der Nietenpunk und ging einen Kübel weiter.

»Heißt du Fritte?«, fragte ich sie. »Ich bin Nele. Erinnerst du dich wirklich nicht mehr? Ich habe dir doch erzählt, dass ich meinen Bruder suche, und du hast mir erzählt, dass deiner schon eine Ewigkeit weg ist.«

»Willste?«, nuschelte sie, ohne mich anzusehen.

Ich hockte mich neben sie auf den Kübelrand. Ein Hund beschnupperte mich, wandte sich aber schnell wieder von mir ab. Ich roch nicht vertraut. Er mochte mich nicht.

»Wir haben nichts von Philipp gehört, keine Post, kein Anruf, niemand weiß, wo er ist. Ich habe eine Scheißwut auf meinen Bruder. Meine Freundin hat was von Verhungern gesagt. Glaubst du das?«

»Fritte«, schrie der Nietenpunk zu uns herüber, »mach hier nicht auf Kindergarten, sonst haste gleich die Bullen am Hemd.«

»Haste mal 'n Bier?«, schrie sie zurück.

Da drehte sich der andere um und sagte nichts mehr.

Fritte grinste. »Guter Trick, was? Nu lässt er mich in Ruhe.«

»Sag doch, ist bei euch schon mal einer verhungert?«

»Einer? Du willst das doch bloß von deinem Bruder wissen«, sagte sie. »Haste mal 'ne Mark?«

»Scheiße, ich habe gar nichts bei mir, aber ich verspreche dir meine ganze Spardose, wenn du mir hilfst, Philipp zu finden. Ich habe nur das.« Ich schob ihr einen Zitronenlutscher hin, den ich seit gestern in der Hosentasche mit mir herumtrug.

»Is er Punk?«, fragte Fritte.

»Mein Bruder? Woher soll ich das wissen? Wie wird man denn Punk?«

»Dann is er in der Wagenburg bei den Autos.«

»Wagenburg? Autos? Ich verstehe nur Bahnhof.«

Schon bei Kapito hatte ich festgestellt, dass die Punker schwer zu verstehen waren. Ihre Art zu reden war schrill, zerrupft, abgehackt wie sie selber.

»Ich verstehe dich nicht. Was meinst du mit Autos?«, hakte ich nach.

Sie antwortete nicht. Auch das hatte ich schon bei Kapito beobachtet. Richtig unterhalten konnte man sich mit ihr nicht. Die Punker schienen eine eigene Art der Verständigung zu haben.

»Komm, sag schon. Philipp ist vierzehn. Er hat kein Auto.«

»Autos heißt Autonome. Weißte nich, wie Autonome sind?«

Ich schüttelte den Kopf. Das Wort hatte ich noch nie gehört.

»Gegenteil von deiner Family! Solche, die sich nicht kleinkriegen lassen von den Bullen. Revoluzzer, wilde Hechte. Nun kapiert?«

Sie schob den Lutscher zwischen den Zähnen hin und her, drehte ihn im Mund und streckte mir gleichzeitig die Zunge raus. Sie kräuselte die Lippen, wechselte mit dem Lutscher mal in die linke, mal in die rechte Backe, ohne dabei die Hände zu benutzen. Freihändig lutschen mit Faxen schien ihr Spaß zu machen. Es war wie eine Vorstellung. Ich war ihr einziges Publikum.

»Bist du auch weg von deinen Eltern?«, fragte ich.

Sie war völlig vertieft in ihre Lutscherei. Ich dachte schon, sie hätte meine Frage gar nicht gehört. Aber dann sagte sie: »Frag nicht so blöd, willste doch gar nicht wissen.« Es klang nicht unfreundlich, nur sehr direkt.

»Du weißt, was ich will«, sagte ich. »Wenn du mir hilfst, helfe ich dir auch.«

»Okay. Du rückst mit ’ner Badewanne voll Bier an, ’nem Tannenbaum voll Spagetti mit Ketschup drüber oder ’nem Elefanten.«

»Das ist doch Quatsch. Aber wenn du Fritte genannt wirst, magst du bestimmt gern Pommes frites mit Currywurst. Dazu lade ich dich ein, wenn du mir hilfst.«

Sie hatte den Dauerlutscher geschafft und steckte sich den Stiel, der noch klebte, in die Haare. Plötzlich, ohne Übergang, zeigte sie mit ausgestrecktem Finger auf mich. »Lipo«, sagte sie schroff. »Lipo.«

»Was?«

»Vierzehn. Blond, so geleckt wie du. Lipo. Klappert nix in deiner Birne?«

»Mein Bruder ist blond, ja, das stimmt. Aber was meinst du mit Lipo?«

»Krieg ich den Elefanten?«, fragte sie ganz ernst.

»Fritte, alles, was du willst, Currywurst, Spagetti und einen Elefanten aus Plüsch«, versprach ich.

»Eh, Jonker, gibt es in Plüschland Elefanten?«, schrie sie zum Nachbarkübel hinüber. »Jonker, warst du schon mal in Plüschland?«

Ich war mir nicht sicher, ob sie eine Macke hatte oder mich verschaukeln wollte. Plüschland! So etwas gab es doch gar nicht. Ich wurde aus ihr nicht schlau. Der Nietenpunk wahrscheinlich auch nicht, denn er drehte sich nicht einmal nach Fritte um.

Da sprang sie auf, lief zu den anderen Punkern und schrie: »Ich krieg 'nen Elefant! Eh, ihr Affenschwänze, ich krieg 'nen Elefant.« Sie kam zu mir zurück. »Los, komm!«

Wir überquerten den Platz und gingen durch schmale Straßen, die mit Autos voll gestopft waren. Ich versuchte, mir an jeder Ecke, an der wir abbogen, etwas Auffälliges einzuprägen, damit ich zurückfand, falls Fritte mich plötzlich allein ließ. Ich traute ihr nicht so recht.

Wir kamen unter einer Eisenbahnbrücke durch, liefen an Gleisen entlang, dann an mehreren Kleingärten und quer über ein Grundstück, auf dem viele kaputte Fahrzeuge verrotteten. Wir kamen wieder auf eine Straße. Nach wenigen Metern fiel mir eine Mauer auf, die über und über mit Graffiti besprüht war. Eine kunterbunte Mauer.

Es gab auch ein Tor. Fritte stemmte sich mit aller Kraft dagegen, bis sich ein Spalt auftat, durch den wir uns hindurchzwängen konnten. Hinter uns fiel das Tor wieder zu. Ich fühlte mich eingesperrt. Alleine konnte ich dieses schwere, mit Brettern und Balken vernagelte Tor niemals aufschieben.

Wir waren jetzt auf einem Grundstück, das rundherum eingezäunt war, teils durch die bunte Mauer, an anderer Stelle mit Brettern, einer Hecke oder einem brüchigen Zaun. Auf dem Platz standen viele Wohnwagen und notdürftig zusammengehämmerte Buden. Es gab auch ein baufälliges Haus, das wohl mal eine kleine Fabrik gewesen war. Aus den Fenstern hingen Fahnen, Wäsche und Spruchbänder. Ich sah Kinder, Babys, Hunde und eine Ziege, auch eine Gruppe, die laut Musik machte, und eine andere, die um einen Herd aus Steinen stand und in eimergroßen Töpfen rührte. Es wimmelte von Menschen. Das musste die Wagenburg sein, von der Fritte gesprochen hatte.

Vor mir gingen drei Typen mit den bunten Frisuren der Punker. Ich sah Frauen mit nackten Füßen, die unter flatternden Röcken hervorschauten. Viele Männer hatten lange Haare und trugen darüber Kappen oder seltsame Hüte. Wie meine Eltern sah hier niemand aus.

Ich kam mir auf einmal sehr fremd vor und hielt mich dicht hinter Fritte. »Was sind das für Leute? Was machen die hier?«

»Das sind die, wo zu Hause die Fetzen fliegen. Haste was anderes erwartet?«, antwortete sie.

Fritte fragte bei den großen Töpfen nach Lipo. Einige, die dort standen, zuckten mit den Schultern, andere schüttelten die Köpfe oder zeigten irgendwohin. Aber alle guckten mich an.

Fritte trabte nun zu dem Gebäude hinüber und ich folgte ihr. Die Tür stand offen.

»Lipo! Lipo!«, schrie Fritte.

»Limo! Limo!«, äffte sie einer nach.

Ein Junge mit feuerroten Locken, etwas jünger als ich, zeigte auf die eiserne Treppe, die an der Innenwand gleich hinter der Tür nach oben führte. Er stellte sich vor mich hin und starrte mich mit großen blauen Augen an, als ob ich das Christkind wäre. Dabei sah er selber ein bisschen wie ein Engel im Weihnachtsmärchen aus, falls es so strubbelige Engel gab.

Wir stiegen die Treppe hoch und kamen auf einen Gang, von dem viele Türen abgingen. Der Junge lief immer vor uns her. Hier oben standen Möbel, eine Bank, Kisten und mehrere alte Öfen. Es waren Sachen wie vom Sperrmüll. Eine Frau saß auf dem Boden, mitten im Weg, und spielte mit einer weißen Ratte. Wir gingen um sie herum.

Fritte riss hemmungslos jede Tür auf. »Lipo hier?«

Aber niemand war da, der Lipo hieß, und niemand, der wie Philipp aussah.

Der Junge fasste nach meiner Hand. »Soll ich dir zeigen, wo er schläft?«, fragte er.

»Ja.«

Er zog mich in einen großen Raum, in dem viele Matratzen am Boden lagen. Ein kleines Mädchen schlief mit offenem Mund. Ein Typ, der ganz verfilzte Haare hatte, saß mit dem Rücken an der Wand und wiegte den Kopf hin und her wie die alte Pendeluhr bei meiner Oma. Ich ging von Matratze zu Matratze, stieg über Decken, Schlafsäcke und Kleiderbündel. Wenn ich schon Philipp nicht fand, dann vielleicht sein T-Shirt, seine Schuhe, irgendwas, das ich wieder erkannte.

Der Junge blieb an der Tür stehen, aber er folgte mir mit den Augen. Er sah mich unverwandt an und wartete.

»Lass uns wieder nach unten gehen«, sagte ich schließlich zu ihm. »Hier finden wir diesen Lipo nicht. Vielleicht ist er gar nicht mein Bruder. Wo können wir denn noch suchen?«

Er fasste wieder meine Hand und führte mich durch das ganze Gebäude, in schmutzige Nischen, durch fensterlose Gänge und in Winkel, wo wir den Kopf einziehen mussten. Fritte war nirgends mehr zu sehen. Ich fühlte mich unbehaglich, fand es aber auch aufregend, das alles zu sehen. Und noch immer hoffte ich, dass Philipp plötzlich vor mir auftauchte. Ich war noch nie mit einem Jungen Hand in Hand gegangen, weil ich das für bescheuert hielt. Ihm schien das gar nichts auszumachen.

»Du musst mir zeigen, wo es wieder auf die Straße geht. Hier ist es so eng und durcheinander«, sagte ich zu dem Feuerkopf. »Hast du Fritte gesehen?«

»Sie ist weggegangen«, sagte er. »Sie kommt nur manchmal. Fritte lebt nicht hier.«

»Lebst du denn hier?«, fragte ich.

Er sah mich an, als verstünde er meine Frage nicht. Genau wie Fritte antwortete er nur, wenn er wollte.

»Bist du auch von zu Hause weggelaufen?«

Auch darauf antwortete er nicht.

»Was machst du hier? Wo sind deine Eltern?«

»Ich gehöre zu Fred, Maren, Jenny und Jacki«, sagte er. »Ich bin schon immer mit ihnen zusammen. Jacki ist lieb. Wir haben lange in den Bergen gelebt. Da, wo die Leute Spanisch sprechen. Aber einmal kamen welche und haben unsere Hütten platt gemacht. Wir mussten weg.«

»Seid ihr lange in Spanien gewesen? Bist du da zur Schule gegangen?«

»Ich gehe nicht zur Schule. Jacki bringt mir Rechnen und Lesen bei. Ich kann auch schreiben.«

»Echt, du gehst nicht zur Schule? Gibt es das überhaupt?«

»Jacki ist meine Schule«, sagte er.

»Ist sie deine Mutter?«

»Du fragst so viel.« Er wurde ungeduldig. »Immer fragst du was. Jacki ist Jacki. Sie kümmert sich auch manchmal um Lipo. Jacki hat zu ihm gesagt, er soll wieder nach Hause gehen. Er hat sich versteckt, als du gekommen bist. Er will nicht nach Hause.«

»Er hat sich versteckt? Stimmt das oder sagst du das nur so?«

»Es stimmt. Er wollte nicht, dass du ihn findest.«

»Ich glaube dir nicht«, sagte ich und machte dabei Mamas Lehrerinnenstimme nach. »Woher weißt du, dass dieser Lipo nicht wollte, dass ich ihn finde? Wenn er wirklich mein Bruder ist, dann versteckt er sich nicht vor mir. Nein, bestimmt nicht! Niemals!«

Er stand ruhig vor mir und schaute mich an. Stand einfach nur da und sagte nichts. Es war zum Verrücktwerden.

»Hör auf, mich dauernd anzuglotzen, und sag endlich was! Es ist furchtbar wichtig für mich. Meine Mutter hatte heute einen Autounfall. Mein Vater ist nicht zur Arbeit gegangen. Alles wegen Philipp. Ich muss meinen Bruder finden, verstehst du? Woher weißt du denn, dass dieser Lipo sich vor mir versteckt hat?«

»Wir haben dich vom Fenster aus gesehen.« Er zeigte zu dem Gebäude, in dem wir eben noch alles abgesucht hatten. »Lipo hat gesagt, ich soll dich ablenken. Deshalb bin ich mit dir gegangen.«

»Das glaube ich nicht. Nein, nein!« Ich fing an zu schreien. »Wo ist Fritte? Sie lässt mich nicht im Stich. Sie hat mich doch hierher gebracht, damit ich meinen Bruder finde. Wo ist sie jetzt?«

»Du hast Lipo lieb, stimmt's? Soll ich ihm das sagen?«, fragte er und sah mich noch immer unverwandt an.

»Du sollst mir nur sagen, wo Fritte ist. Kapierst du das denn nicht?«

»Du kapierst nichts«, sagte er. »Fritte würde niemals jemanden verraten. Sie hat dir vielleicht einen Tipp gegeben. Aber als du oben in dem Schlafraum warst, ist sie mit Lipo weg. Ab durch das Tor. So ist Fritte nun mal.«

Ich hatte das Gefühl, in einem Karussell zu sitzen, das

sich schneller und schneller drehte. Fritte, Lipo, dieser Feuerkopf, die Frau mit der weißen Ratte – mir war so schwindelig, dass ich mich auf die Erde hocken musste. Philipp wollte nicht mehr nach Hause kommen. Das ging einfach nicht in meinen Kopf. Ich hatte mir ausgemalt, dass er krank war, halb verhungert, kaputt, am Ende, dass er sich weggeknallt hatte und es niemanden gab, der ihm half. Ich wollte ihn retten. Mit Sonja hatte ich mich seinetwegen geprügelt. Ich hatte mich bei dem blöden Kapito eingeschlichen, ich hatte mich zu den Punkern gewagt, weil ich Philipp retten wollte und Mama glücklich machen und Papa dazu bringen, dass er mit seinen Schlückchen aufhörte und mit dieser Tussi. Mit meiner ganzen Kraft hatte ich versucht, unsere Familie zusammenzuhalten. Ich wollte stark sein für alle. Jetzt wusste ich nicht mehr weiter.

Der Junge nahm meine Hand und zog mich hoch. Etwas wackelig kam ich wieder auf die Füße. Wir gingen zusammen zu dem großen Tor, das ich allein nicht öffnen konnte. Als wir dort angelangt waren, drückten es gerade zwei Männer von außen auf.

Ich schlüpfte hinaus. Dann drehte ich mich um, weil mir noch etwas eingefallen war. »Du, bestell Philipp etwas von mir«, rief ich dem Jungen zu. »Sag ihm, er braucht sich nicht mehr zu verstecken. Ich komme nicht wieder. Ich kann auch ohne ihn leben.«

Das Tor fiel hinter mir zu, dumpf und schwer. Langsam ging ich an der kunterbunten Mauer entlang. Mit jedem Schritt entfernte ich mich mehr von Lipo. Die kühle Abendluft tat mir gut. Meine Brust entspannte sich. Ich war erschöpft, aber auch von einem großen Druck befreit. Es war etwas geschehen. Ich konnte auch ohne meinen Bruder leben.

Als ich endlich nach Hause kam, gab es Ärger. Ich war viel zu spät gekommen. Papa nannte mich eine Herumtreiberin. Wenigstens heute hätte er ein bisschen Rücksicht von mir erwartet, ein bisschen Familiensinn. »Nele, du machst alles noch schlimmer«, schimpfte er.

Mama war aufgewacht. Sie saß im Sessel. Ich konnte sie durch die halb geöffnete Wohnzimmertür sehen, während Papa im Flur sein Donnerwetter losließ. Ich wollte zu ihr, aber ich kam nicht an Papa vorbei. Erst jetzt wurde mir klar, wie schwierig meine Lage war. Mama durfte auf keinen Fall erfahren, wo ich gewesen war und was ich über Philipp herausgefunden hatte. Sie hielt das nicht aus. Neulich, als ich ihr von Kapito erzählt hatte, war sie fast in Ohnmacht gefallen. Und jetzt, nach ihrem Unfall – nein, ich musste es Papa allein erzählen, ohne dass sie es merkte. Aber Papa brüllte: »Wo warst du so lange? Los, raus mit der Sprache!«

»Papa, nicht!« Ich schüttelte den Kopf und zeigte auf die Wohnzimmertür.

Er war aber viel zu wütend, um mein Zeichen zu verstehen. »Nele, was soll das Gehampel? Kannst du nicht vernünftig reden?«

Mama kam aus dem Wohnzimmer. Sie schob die Tür ganz auf und stand nun hinter Papas Rücken. Er sah sie nicht. »Warst du wieder bei Philipps Kumpel?«, fragte sie.

Ich presste die Lippen fest aufeinander und war entschlossen, kein Wort herauszulassen. Gleichzeitig wünschte ich mir so sehr, ihr die Wahrheit zu erzählen. Angst schnürte mir die Kehle zu. Ich wollte Mama nicht verlieren. Ohne Philipp konnte ich leben, ohne Papa, wenn es sein musste, aber nicht ohne Mama.

Sie schob sich an Papa vorbei und schaute mich an. Sie schaute in mich hinein, obwohl ich die Augen zumachte. Ich spürte, wie sie die Arme um mich legte und mich fest hielt. Da ging es mir gut. Mama und ich hielten uns fest. Mich konnte nichts mehr umwerfen.

Ihre Stimme klang leise und weich, als sie sagte: »Wir müssen beide lernen, Philipp loszulassen. Wir machen uns kaputt in unserer Sorge um ihn. Diese Sorge hilft niemandem, uns nicht und Philipp auch nicht. Damit bringen wir ihn bestimmt nicht dazu, wieder nach Hause zu kommen.«

»Aber wenn wir wüssten, wo er ist, dann könnten wir ihn doch holen«, murmelte ich, ohne Mama anzusehen.

»Dann könnten wir ihn zwingen«, sagte Mama. »Ja, das könnten wir. Aber bei der nächsten Gelegenheit würde er wieder weglaufen und sich wieder betrinken. Das Betrinken ist seine Art, die Probleme anzupacken. Er macht jetzt sicherlich viele Erfahrungen, die für ihn wichtig sind. Auch wenn es ihm schlecht dabei geht. Es sind Erfahrungen, die er machen will.«

Ich sah überrascht und zweifelnd zu ihr auf. »Meinst du das wirklich?«

»Ja«, sagte Mama. »Heute, durch meinen Unfall, ist es mir irgendwie klar geworden. Philipp ist alt genug, um einen Weg nach Hause zu finden, in welchen Schwierigkeiten er auch stecken mag. Aber er ist auch alt genug, das selber zu entscheiden. Wir müssen ihm das zutrauen, so schwer es uns auch fällt.«

Ich hielt Mama fest und sie hielt mich fest. Papa grummelte etwas im Hintergrund. Sollte er ruhig grummeln.

»Du, Mama«, sagte ich leise, noch immer an sie gepresst. »Ich glaube, das kann ich lernen, zusammen mit dir.«

Als ich an diesem Abend im Bett lag und das Mobile an der Zimmerdecke ansah, musste ich wieder daran denken, wie das Philipp-Schiffchen die anderen in einen heftigen Sturm versetzt hatte. Jetzt segelten die Schiffchen wieder still dahin. Vielleicht waren unsere Gefühle so etwas wie die Fäden an einem Mobile. Sie konnten sich leicht miteinander verschlingen und dann kam ein wildes Durcheinander dabei heraus.

»Quietschi, glaubst du das?« Obwohl ich längst schlafen sollte, nahm ich mein Meerschweinchen aus seinem Käfig. Ganz leise erzählte ich ihm, was heute für ein aufregender Tag gewesen war. »Aber weißt du schon das Neueste, Quietschi? Ich kann auch ohne Philipp leben. Und soll ich dir noch etwas sagen? Ich glaube, die Mama kann es auch.«

Quietschi war lieb und doof wie immer. Er schnupperte an meinen Fingern, aber er verstand meine Gefühle nicht. Vielleicht hielt er mich auch manchmal für lieb und doof, wenn ich seine Meerschweinchengefühle nicht verstand.

Ich setzte ihn in seinen Käfig zurück und streichelte ihn noch ein wenig. Dann legte ich mich wieder in mein Bett und versuchte einzuschlafen. Aber vor meinen geschlossenen Augen tauchten immer wieder Bilder auf: die Wagenburg, der Feuerkopf, Fritte und die Hunde.

Nur noch eine Woche bis zu den großen Ferien. Mama war krankgeschrieben. Sie hatte jetzt schon große Ferien.

Und ein Zeugnis bekam sie auch nicht. Ich versuchte, mir meine Zensuren lieber gar nicht erst vorzustellen. Frau Borger hatte mich öfters aufgerufen und ich wusste keine Antwort. Eine Mathearbeit hatte ich total verhauen und bestimmt fünfmal Hausaufgaben vergessen. Alles wegen Philipp.

Mama versuchte es anders zu sehen. »Wir haben uns den Stress selber gemacht«, sagte sie. »Aber jetzt hören wir damit auf. Jeden Tag ein bisschen mehr. Wir lernen es schon, Nele.«

Als sie nicht mehr so von ihrem Unfall geschockt war, habe ich ihr dann doch alles erzählt. Wirklich alles. Von Fritte, der ich einen Elefanten versprochen hatte, was der Feuerkopf mir über Lipo erzählt hatte und wie es in der Wagenburg hinter dem schweren Tor aussah.

Mama regte sich nicht auf, aber sie hatte viele Fragen. Was für Leute dort lebten, wollte sie wissen. Ob der kleine Junge, der mich rumgeführt hatte, sehr schmutzig oder krank ausgesehen hätte. Ob es nur den einen Ausgang mit der schweren Tür gab. Ob die Menschen dort eher fröhlich oder traurig gewesen wären.

Ich antwortete, so gut ich es wusste. »Warum fragst du so viel? Soll ich dir zeigen, wo die Wagenburg ist? Dann kannst du dir alles selber anschauen.«

»Ich will es nicht sehen«, sagte sie. »Ich versuche nur, Philipp zu verstehen. Was findet er da, was er bei uns vermisst? Ich versuche aber auch zu begreifen, warum die Polizei ihn nicht dort herausholt. So ein Platz muss doch bekannt sein.«

»Man kann sich super verstecken und ganz schnell durch die Löcher in der Hecke verschwinden. Vor mir ist Philipp auch abgehauen, ohne dass ich es gemerkt habe. Willst du ihn selber suchen?«

»Was hätte das für einen Sinn?« Mama sah mich groß an. »Meinst du, vor mir würde er sich nicht verstecken?«

»Doch, bestimmt. Er will nicht nach Hause kommen.«

»Noch nicht, Nele. Wir müssen Geduld haben. So schwer es auch ist. Aber wir lernen es. Jeden Tag ein bisschen mehr.«

Nun hatte ich schon vier Tage Geduld gehabt. Aber nichts war geschehen.

Mama holte sich Unterstützung bei ihren Freundinnen aus der Frauengruppe. Sie telefonierte lange mit Roswitha. Abends bekam sie Besuch von Eva, Regina oder Iris.

Dem Papa wurden die Frauen bei uns im Haus beinahe unheimlich. »Jeden Abend kommen welche vorbei«, murrte er. »Soll das immer so weitergehen?«

Es hörte sich an, als ob er eine neue Plage auf sich zukommen sähe.

Mama lachte. Sie lachte richtig fröhlich. »Mir geht es gut dabei«, sagte sie. »Morgen Abend bin ich übrigens eingeladen. Ich gehe mit Iris in ein Konzert. Ach, könntest du mir vielleicht dein Auto leihen?«

»Mein Auto?« Papa guckte ganz entgeistert. »Morgen ist Vorstandssitzung vom Tennisverein. Ich brauche meinen Wagen selber.«

»Natürlich«, entgegnete Mama ruhig. »Das hätte ich mir denken können. Dann nehme ich eben ein Taxi.«

Papa verschwand mit düsterer Miene in seinem Arbeitszimmer. Aber kurz darauf kam er wieder heraus. »Ich kann auch mit Franz fahren, dem Kassenwart von unserem Verein«, meinte er. »Der wohnt gleich um die Ecke. Also, nimm meinen Wagen. Aber achte auf die Vorfahrt.«

Dann verschwand er wieder, als ob es ihm peinlich wäre, dass er Mama einen Gefallen getan hatte.

Wirklich, Eltern sind komisch. Niemand versteht das so gut wie Sonja. Zum Glück haben wir uns wieder versöhnt. Mama hat ihre Frauengruppe, ich habe Sonni. Und Papa? Na ja, an die Tussi wollte ich lieber nicht denken.

Am nächsten Abend fuhr Mama mit Iris ins Konzert und Papa mit Franz zu seinem Tennisverein. Ich war allein. Das Haus war still und leer. Dagegen gab es nur ein Mittel. Ich schlüpfte in Philipps Bett und klickte seinen Fernseher an.

Kaum hatte ich es mir so richtig gemütlich gemacht, klingelte das Telefon. Wie damals bei dem Indianerfilm, dachte ich und ging nicht dran. Schließlich sollte ich schlafen, da konnte ich nicht ans Telefon gehen. Die Bimmelei hörte auf, aber kurz darauf ging es schon wieder los. Wer konnte das sein? Ich wurde total kribbelig. So ein Telefon kann ganz schön nerven, vor allem, wenn man allein zu Hause ist und so neugierig wie ich.

»Ja, hier Nele«, meldete ich mich dann doch.

»Nele?«, wiederholte eine freundliche Stimme, die ich nicht kannte. »Kann ich bitte deinen Vater sprechen?«

»Nein.«

»Deine Mutter?«

»Nein, wer sind Sie?«

Die freundliche Stimme stellte sich als Schwester Dagmar vor vom Marienkrankenhaus.

»Sie haben sich bestimmt verwählt«, sagte ich. »Oder hat meine Mutter schon wieder einen Unfall gehabt?«

»Nein«, sagte Schwester Dagmar. »Unfälle haben wir nicht auf unserer Station. Hast du einen Bruder?«

»Philipp!«

»Ja«, sagte Schwester Dagmar. »Er ist vor einer Stunde eingeliefert worden. Würdest du das deinen Eltern ausrichten? Sie sollen hier anrufen, sobald sie nach Hause kommen.«

»Was ist mit Philipp?«, fragte ich. »Warum musste er ins Krankenhaus?«

»Darüber darf nur der behandelnde Arzt Auskunft

geben. Sag deinen Eltern, sie sollen nach Dr. Basten fragen.«

»Ja, ja, mache ich. Aber, bitte… Philipp ist doch nicht… ich meine, hat er… Steht es schlimm um ihn?« Ich konnte vor lauter Aufregung nur noch stottern.

»Keine Angst«, sagte die freundliche Stimme. »Wir tun, was wir können. Auf Wiederhören.«

Wir tun, was wir können! Mit so einem bescheuerten Satz ließ sie mich allein. Es klang nach nichts und war doch unheimlich. War Philipp vielleicht verletzt oder doch fast verhungert? Hatte er sich wieder weggeknallt, ein gebrochenes Bein, eine Lungenentzündung? Die Fragen summten wie Bienen in meinem Kopf.

Mit so einer Neuigkeit konnte ich nicht einschlafen. Unmöglich. Das mussten Mama und Papa verstehen. Einen Zettel konnten sie leicht übersehen, aber mich nicht. Ich schaltete die Lichter im Flur und im Wohnzimmer an, wechselte von Philipps kleinem Fernseher zu dem großen im Wohnzimmer über. Ich holte mir ein Glas Kirschsaft aus der Küche und eine Packung Schokoladeneis aus der Tiefkühltruhe. Ich war wild entschlossen, wach zu bleiben, bis meine Eltern kamen. Wenn es sein musste, die ganze Nacht. Morgen war der letzte Schultag. Es gab nichts mehr zu versäumen.

Philipp war zwei Monate fort gewesen. In der Wagenburg hatte er sich vor mir versteckt, dieser Feigling. Aber jetzt lag er im Krankenhaus. Da konnte er sich nicht verstecken. Vielleicht wollte er es auch nicht mehr. Woher hatte Schwester Dagmar unsere Telefonnummer, wenn nicht von Philipp selber?

Der anfängliche Schreck verwandelte sich in freudige Aufregung. Im Fernsehen hämmerte eine Band ihre neuesten Hits. Ich hopste zu der heißen Musik über Sessel und Sofa und feierte ein Fest ganz mit mir selbst.

Papa kam als Erster nach Hause. Er konnte sich gar nicht so schnell wundern, wie ich ihn mit meiner Neuigkeit überfiel.

»Du musst im Marienkrankenhaus anrufen, jetzt gleich. Philipp ist bei Schwester Dagmar. Aber die darf nichts sagen. Nur der Doktor Basten.«

Papa setzte sich. Er sagte erst mal gar nichts.

»Ihr wart gerade aus der Tür, als das Telefon geklingelt hat«, erzählte ich weiter. »Da bin ich drangegangen. Das war ja wohl auch gut! Die Schwester Dagmar hat gesagt, meine Eltern sollen sofort anrufen, wenn sie nach Hause kommen.«

Papa sagte noch immer nichts. Er stützte den Kopf in beide Hände. Für einen Augenblick schloss er die Augen. Als er sie wieder aufschlug, sah ich zum ersten Mal, dass auch Papa Angst hatte.

Das verstand ich nun ganz und gar nicht. »Freust du dich denn nicht, dass Philipp aufgetaucht ist?«

Papa stieß einen Seufzer aus, der fast wie ein Schluchzer klang. Ich drückte mich an ihn. Er nahm mich in die Arme, was er schon lange nicht mehr getan hatte. Seit Philipp uns verlassen hatte, war er nur mürrisch und beherrscht gewesen. Niemand merkte ihm an, dass er sich auch Sorgen machte. Papa, der Eiserne, geriet aus der Fassung.

»Du, Papa, ich habe dich lieb«, sagte ich leise.

Er grummelte etwas, das nicht zu verstehen war, und setzte dabei ein schiefes Lächeln auf. Dann schob er mich sanft von sich weg. Seine Schultern strafften sich. Aus seinem Gesicht verschwand der bekümmerte Ausdruck. Papa hatte sich wieder im Griff.

Er telefonierte, stellte kurze Fragen und antwortete ebenso kurz. Seine Stimme klang fest. Als er wieder auflegte, sah er mich nicht an. »Alkoholvergiftung«, sagte er nur.

»Ist das schlimm, Papa?«

»Geh jetzt ins Bett, Nele. Wir müssen abwarten. Sie tun, was sie können.«

Da war er wieder, dieser dumme Satz. Aber ich war inzwischen so müde, dass mir alles egal war.

Beim Frühstück erfuhr ich nur, dass Philipps Zustand noch immer kritisch war. Kritisch hieß in diesem Fall bedrohlich, klärte Papa mich auf. Mama wirkte ruhig. Sie saß im Morgenmantel am Tisch und trank Tee.

»Wenn du aus der Schule kommst, weiß ich mehr«, sagte sie. »Ich fahre gleich ins Krankenhaus, und sobald es ihm besser geht, besuchen wir ihn zusammen.«

Ich nahm meinen halb leeren Ranzen und lief zu Sonja. Letzter Schultag! Frau Borger machte ein kleines Fest daraus, weil unsere Klasse auseinander ging. Sie hatte einen Kasten Limo mitgebracht und ihre Gitarre. Wir sangen die schönsten Lieder, die wir in den vergangenen Jahren bei ihr gelernt hatten. Dann gab es Zeugnisse und endlich Ferien. Ein bisschen schlechter als beim letzten Mal war mein Zeugnis schon ausgefallen, aber das war mir egal. Wir trennten uns in fröhlicher Stimmung. »Ferien sind das Beste an der Schule!«, schrieb Lucas an die Tafel. Niemand protestierte.

Als ich zu Hause ankam, war Mama schon aus dem Krankenhaus zurück. Ich war froh, denn Lana hatte auch Ferien. Mama brauchte sie erst wieder, wenn das neue Schuljahr begann.

Ich zeigte Mama mein Zeugnis. Sie fand es ganz in Ordnung. »Du hast so viel gelernt in den vergangenen Monaten, was nicht auf diesem Zeugnis steht«, meinte sie. »Ich gebe dir dafür einen ganz dicken Kuss.«

Da freute ich mich sehr und knallte meine Schultasche in die dunkle Ecke zwischen Bett und Kleiderschrank. Aber dann wollte ich nur noch eins wissen: »Wie geht es Philipp? Erzähl mir alles. Was hat er gesagt? Wie sieht er aus? Hat er sich verändert?«

Mama antwortete nicht gleich. Sie strich eine Haarsträhne aus der Stirn, die sofort zurückrutschte. »Ich konnte nicht mit ihm sprechen«, sagte sie leise. »Philipp hat ein paar Mal die Augen aufgemacht und mich angeblinzelt. Das war auch schon alles. Sein Zustand ist sehr ernst. Der Arzt meint, vor heute Abend oder morgen früh sei noch keine Besserung zu erwarten. Und bis dahin können wir nur warten und hoffen.«

Das klang schrecklich. Das Philipp-Schiffchen durfte nicht untergehen. Wir hingen doch alle zusammen. So ein Mobile war sehr empfindlich. Philipp wollte bestimmt nicht abstürzen. Er wollte leben. Da war ich ganz sicher.

»Du, mir fällt gerade etwas ein. Kurz bevor Philipp abgehauen ist, hat er zu mir gesagt, dass er in den Ferien aufhören will mit dem Alkohol. Er wusste, dass er es allein nicht schafft. Damals, als Sonja und ich ihn gefunden haben, hat er auch versucht aufzuhören. Er hat geschworen, nicht mehr zu trinken. Aber er konnte es nicht durchhalten. Vielleicht hat er sich diesmal weggeknallt, damit er ins Krankenhaus kommt und ihm die Ärzte helfen.«

Mama nickte. »Ja, allein schafft ein Süchtiger es nicht. Phil braucht mehr Hilfe, als wir ihm geben können.«

»Wie ist er denn überhaupt ins Krankenhaus gekommen?«

»Das möchte ich auch gerne wissen«, sagte Mama »Ich konnte nur erfahren, dass er nicht mit einem Krankenwagen eingeliefert wurde. Irgendwer hat ihn gebracht, der auch seinen Nachnamen kannte. Unsere Telefonnummer hat sich die Schwester von der Auskunft geholt.«

»Was für ein Glück, dass wir nicht Lange heißen«, murmelte ich, behielt aber lieber für mich, was mir dabei durch den Kopf ging.

»Es muss wohl einer von Philipps Kumpels gewesen sein«, vermutete Mama. »Genau werden wir es nie erfahren.«

»Doch, das kriege ich raus«, sagte ich zuversichtlich. »Ich frage Fritte. Sie weiß gut Bescheid. Außerdem schulde ich ihr noch einen Elefanten und eine Currywurst. Versprechen muss man halten.«

Mama seufzte wie ein Walross. »Nele! Du bist neun Jahre alt.«

»Fast zehn«, fiel ich ihr ins Wort.

»Trotzdem gibt es Sachen, die ich dir eigentlich verbieten müsste.«

»Aber nur eigentlich, Mama! Ich muss Fritte noch einmal treffen. Was hältst du davon, wenn wir zusammen einen Elefanten kaufen, einen ganz besonders schönen? Wo wir doch im Augenblick nichts anderes tun können als warten und hoffen.«

Und hier kann man sich Rat und Hilfe holen oder Informationsmaterial beschaffen, wenn es um Abhängigkeit bei Kindern und Jugendlichen geht:

Bundesverband der Elternkreise drogengefährdeter oder drogenabhängiger Jugendlicher (BVEK)
Herzbergstr. 82, 10365 Berlin, Tel.: 0 30/5 56 70 20

Kreuzbund e. V. Bundesgeschäftsstelle
Westring 2, 59065 Hamm, Tel.: 0 23 81/87 97

Deutsche Hauptstelle gegen Suchtgefahren e. V.
Jägerallee 5, 59071 Hamm, Tel.: 0 23 81/9 01 50

Deutscher Kinderschutzbund e. V. Bundesgeschäftsstelle
Schiffgraben 29, 30159 Hannover, Tel.: 05 11/3 04 85 - 0

Städtische Einrichtungen:
Psychosoziale Beratungsstellen der Jugendämter, Drogenberatung, Allgemeiner Sozialdienst
Adressen und Telefonnummern in den örtlichen Telefonbüchern

Folgende Organisationen unterhalten Notruftelefone:

Kinder- und Jugendtelefon
des Deutschen Kinderschutzbundes e. V.
08 00/11 10 33 – bundesweit, gebührenfrei
Mo–Fr 15–19 Uhr

Anonyme Alkoholiker
(Es gibt auch Kinder- und Jugendgruppen)
Vorwahlnummer größerer Städte / 1 92 95

Informationstelefon der Bundeszentrale
für gesundheitliche Aufklärung
Postfach 91 01 52, 51071 Köln, Tel.: 02 21/89 20 31
(10–22 Uhr)

In zahlreichen Städten und Gemeinden gibt es auch »Kummertelefone« für Kinder und Jugendliche.

Die Telefonnummern findet man in den örtlichen Telefonbüchern und häufig auch auf Aushängen in Ämtern und öffentlichen Verkehrsmitteln.

Die Adressen und Telefonnummern der entsprechenden Einrichtungen im Ausland sind in den örtlichen Telefonbüchern zu finden.